导读版

中国古代神话故事

吕伯攸　吴克勤 编著

中国大百科全书出版社　知识出版社

图书在版编目（CIP）数据

中国古代神话故事：导读版 / 吕伯攸，吴克勤编著 . -- 北京：知识出版社，2021.5

ISBN 978-7-5215-0358-6

Ⅰ . ①中… Ⅱ . ①吕… ②吴… Ⅲ . ①神话－作品集－中国－古代 Ⅳ . ① I276.5

中国版本图书馆 CIP 数据核字（2021）第 070913 号

中国古代神话故事：导读版

吕伯攸 吴克勤 编著

出 版 人 姜钦云
丛书策划 李默耘
图书统筹 李现刚 王云霞
责任编辑 王云霞
助理编辑 吴永星
责任印制 文志杰
出版发行 知识出版社
地　　址 北京市西城区阜成门北大街 17 号
邮　　编 100037
网　　址 http://www.ecph.com.cn
电　　话 010-88390659
印　　刷 保定市铭泰达印刷有限公司
开　　本 690 毫米 × 930 毫米 1/16
字　　数 146 千字
印　　张 12.25
版　　次 2021 年 5 月第 1 版
印　　次 2025 年 6 月第 18 次印刷
书　　号 ISBN 978-7-5215-0358-6
定　　价 22.00 元

本书资料卡

究竟何为神话？鲁迅先生曾在《中国小说史略》第二篇“神话与传说”里讲过一段有名的话：“昔者初民，见天地万物，变异不常，其诸现象，又出于人力所能以上，则自造众说以解释之：凡所解释，今谓之神话。”鲁迅先生这段话非常客观地定义了神话的本质——远古先民在知识储备达不到的情况下，又对自然现象有着强烈好奇，就自己编造说法来相应地进行解释，这解释流传下来，便成了今天的神话。

西方文学家高尔基也曾说过：“一般说来，神话乃是对自然现象，对自然的斗争，以及社会生活在广大的艺术概括中的反映。”这也告诉我们，神话的产生并不完全是凭空捏造的，它离不开当时人民的现实生活，在这个基础上，先民们加以想象和艺术化、文学化的再加工，口耳相传，就这样有了神话。

这本书与其说是一本神话故事书，不如说它是一本包含了神话、仙话，以及一些民间故事传说的故事书。就像大诗人屈原在《天问》中所提出的一系列问题一样，神话、仙话、传说，不应该理性地加以判断区别，它们都见证了我华夏先民对宇宙自然、生命轮回、人性道德的好奇与敬畏。

书中讲述的各类故事，大致以时间为线，从盘古开天辟地娓娓道来。在远古先民的认知中，超自然的现象被赋予了神力，各样的动植物被赋予了神力。他们歌颂盘古开天辟地、女娲抟土造人；崇敬五氏改善了人们的物质生活条件；即便如蚩尤、共工、贯胸的防风氏，也都有反抗的意志，宁死不屈的气概。有仁德的领袖能赢得神秘的帮助，无小我的孝子亦会获得上天的垂怜。神的世界，也可说是人的世界；神话，何尝不是"人话"？

后来，一部分神话慢慢变成了历史。在有心人的影响下，上古部落的统治者慢慢被赋予了神的命格。那五方的上帝，其实就是人间的五位领袖，而他们各自的手下，亦分封了金木水火土五神，各自掌握着五种异能。后世的尧舜禹，再后来的夏桀商汤，无不揭示着华夏民族有关人心向背的朴素价值观：有仁爱之心，自能江山稳固、青史留名；有暴虐之向，必定日薄西山、葬送王朝。

"百善孝为先。"除了拥有神格的帝王，普通人的故事也让后人口耳相传。那以孝闻名的舜自不必说；东海孝妇周青，宁愿自己吃苦，也要照顾好婆婆；孝子董永，自愿卖身为奴，发葬亲人；胡母班不忍父亲在炼狱受苦而求恩典；汲水杨公舍不下故去的父母，才因缘获赠玉种；胆识过人的寄应为父母赚得赏钱，却留给自己一场凶险的豪赌。

神话是民族的。仁爱、勇敢、孝顺、知恩图报……这些都是刻在每一个华夏儿女骨子里的优良品质。引用袁珂老先生的一段话作为结语："我们的民族，毋庸自愧地说，诚然是一个博大坚忍、自强不息、富于希望的民族；神话里祖先们伟大的立人立己的精神，实在是值得作为子孙后代的我们很好地去学习，去发扬的。"

目录

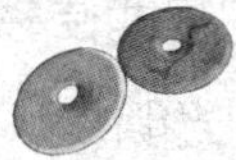

创造世界的经过

?文前小问号

“遂古之初，谁传道之？上下未形，何由考之？”大诗人屈原曾经在他的《天问》中提出了一连串有关天地如何开辟的问题，那么天地究竟是如何开辟的，又是谁开辟的呢？让我们一起走进中国古代神话，看看神话中是怎样描述的吧！

上古时候，据说天和地是混合在一起的，形状好像一个大鸡蛋；既没有日月星辰，也没有山川草木，更没有人类或鸟兽，只是漆黑混沌的一团罢了。

不知道经过了怎样一种变化，这个大鸡蛋般的东西里边，生出一个人来了，这人的名字就叫盘古。他在这里面足足住了一万八千年，有一天，忽然一声响

比喻

把天地未分的状态，比作一个大鸡蛋，形象地向人们展示了在天地未分之时，宇宙最初的样子。

字词释义

混沌：传说中指宇宙形成以前模糊一团的景象。在《山海经》和《庄子》中，混沌神是一个名叫帝江的天神。

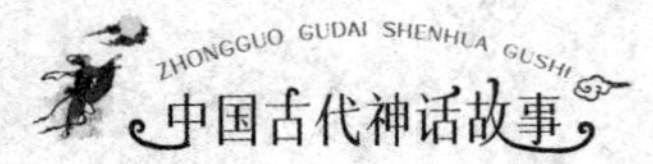

亮，这个大鸡蛋一般的东西便裂了开来，于是，盘古才得以逃出囚笼，见到光明。

这个大鸡蛋般的东西，裂开来恰好成为两半。一半是像气一般的，质地很薄，分量很轻，便一直向上升去，变成了天；还有一半，质地很浊，分量很重，便渐渐地沉到下面，变成了地。

这样，天地是形成了，不过距离还是很近。因此，每天依旧要继续不断地变化着：从此，天每天升高一丈；地，每天加厚一丈；盘古站在天地中间，每天也是跟着它们变化，每天加长一丈。

夸张

古人流传下来这么夸张的数字，只是想告诉后人，盘古撑天拄地经过了漫长的岁月。

又经过了一万八千年，天变得高极了，地变得厚极了，盘古也长得长极了。

排比

盘古不仅为分开天地付出了一生，在死后还奉献了自己所能奉献的一切。

后来，盘古死了，他的头就变成了四方的大山；他的左眼变成了月亮；他的右眼变成了太阳；他的血液变成了江河里的水；他的毛发变成了野草和树木。

天上既有了太阳、月亮，地上也有了山川草木，世界就这样形成了。

知识拓展

有关天地分开后盘古的神力和变化，还有种种传说。有的说他流下的眼泪变成了江河，发出的声音变成了雷鸣；有的说他一高兴就是晴空万里，一生气就是阴云密布；还有更夸张的说法，认为盘古有着龙头蛇身，睁开眼就是白天，闭上眼就是黑夜。尽管传说各不相同，但有一点是相同的，那就是人们对于盘古——这位开天辟地的神话人物，有着浓厚的崇敬之情。

延伸思考

边读边想象画面，你脑海中的盘古是什么样子的呢？

日积月累

日月星辰　山川草木　漆黑　混沌

我的笔记

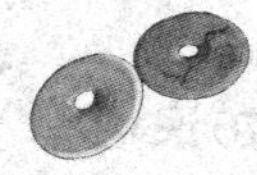

女娲怎样造人

文前小问号

看完上篇故事，我们对天地的开辟有了一定的了解，那么，人类又是怎样诞生的呢？本篇故事中，我们将认识美丽聪慧的女娲，她究竟是怎样造人的？造出来的每个人都一模一样吗？

点评
写出了没有人的世界非常荒凉。

自从盘古身死以后，世界虽然已经初具规模。可是，各处地方，仍旧是找不出一个人影来。

许多年过去了，才又出现了一个人，名字叫作女娲[①]。

在这样大的世界上，女娲一个人孤零零地生活

① 女娲（wā）：中国神话中的创世女神。关于女娲的神话现今流传的主要有两个内容：造人与补天。

着，自然觉得冷清极了。她常常想和山川谈谈话，可是山川不能对答她；她又想和草木打个招呼，可是草木没有知觉，也不去睬她。

有时，女娲孤寂到差不多要哭出来了，她便自己设法安慰自己：或是拔些草，或是挖些泥做个玩具来消遣。

她想："世界上要是再多生几个人，和我在一起做伴侣，大家同游同息，一定可以减少些孤独的滋味了。但是，为什么一直没有第二个人出现呢？"

她一边想着，一边依旧拿了一团泥土，毫不在意地乱抟[①]着。

"好吧，我何不就用泥土抟几个人，暂时陪陪我呢？"女娲忽然悟到了这样一个好法子，立刻她便用手里的黄土，照着自己的样子，抟成了一个人形。

说也奇怪！这黄土抟成的人，不等女娲仔细检视，他便开起口来了，他说："谢谢你，你已经替我造成人形了。自此以后，我情愿和你在一处生活，永远做你的伴侣！"

女娲很高兴，真是出于意料以外了，她想："黄土真可以抟成人的吗？那么，我可以用这个法子，多添些伴侣了。"

点评

山川不能和她谈话，草木也无法与她对答，这么大的世界里，只有女娲一个人，可真是"孤零零""冷清极了"！也正因如此，她才萌生出造人的想法。

心理描写

表现出女娲对同伴的渴望。

① 抟：音同团，指把碎的东西揉弄成圆形。

从这天起，她便天天用黄土抟人，不论俊的、丑的、男的、女的、高的、矮的、瘦的、胖的……各式各样都齐备了。

世界上的人虽然渐渐地增多了，但是，女娲的工作也一天比一天忙碌了。后来，她又想了一个简单的法子，只用一根绳子，拿到泥土里去蘸一下，就算是造成了一个人。

不过，用黄土造人时，她是十分细心的；用绳子蘸成的，却不免粗制滥造了。所以，用黄土抟成的，都是聪明人；用绳子蘸成的，却是愚笨凡庸的人。

对比

写出了女娲造人的方法不同，故而造出的人也不同。

字词释义

愚笨凡庸：头脑迟钝不灵活、平凡庸俗。

我的笔记

知识拓展

有关人类如何诞生的说法有很多种，女娲造人是其中最广为流传，也是最具有诗意的一个。“女娲”这个名字最早出现在《楚辞·天问》这本书里，给《楚辞》写注的王逸根据别的传说，把女娲的样貌解释了一下，说她是人的头、蛇的身子，后来山东出土的武梁祠画像石，也印证了这一点。

延伸思考

女娲造出的第一个人让她惊讶了吗？你是从哪儿看出来的？

日积月累

初具规模　孤零零　冷清　孤寂　消遣

同游同息　检视　粗制滥造　愚笨凡庸

佳句欣赏

在这样大的世界上，女娲一个人孤零零地生活着，自然觉得冷清极了。她常常想和山川谈谈话，可是山川不能对答她；她又想和草木打个招呼，可是草木没有知觉，也不去睬她。

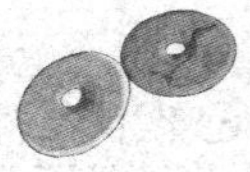

最初的世界是怎样的

文前小问号

当天地间有了人类后，似乎一切都充满了生机与活力。可是，人类最初生活的环境也如同我们今天一样便捷舒适吗？它会是什么样子呢？

我们现在住在这样繁华的世界中，对于衣、食、住、行的需要，没有一样缺少，这是多么幸福啊！但是，我们再仔细想一想，这些关于衣、食、住、行的设备，到底是怎样发明的呢？——这大概谁都可以回答，自然都是我们人类的祖先辛苦地创造出来的。

字词释义

设备：进行某次建设或供应某种需要所必需的成套建筑或器物。

那么，在这种事物没有发明以前，是怎样一个世界呢？

原来在几千万年以前，世界只是一片荒芜，满地都生长着又高又大的草木，仿佛是一个极大的荆棘丛。而在这中间活动的，就是少数的不识不知的人类，以及成群的凶悍、鸷猛的野兽和飞鸟。

那时候的人类，和野兽、飞鸟的生活，也是没有什么两样的。他们只靠着一切天然物过活，连一件人造的东西也没有：他们住的是荒地和山洞；吃的是果子或鸟兽的血肉；穿的是树叶编成的遮盖物和鸟兽的皮毛。

可是，住在那荒地上，每每要被野兽所侵害，山洞里又是黑漆漆的透不过气来；吃了生的血肉，常常又因不消化而害病或死亡；披着这样碎纷纷的树叶，包着这种腥污难闻的兽皮，既不方便，自然也是很不舒适的。——我们要是闭了眼睛揣测一下，觉得他们那种简陋的生活，是多么难堪啊！

字词释义

荒芜：因无人管理而长满野草。

荆棘：山野丛生的带刺小灌木。

鸷猛：凶猛。

点评

从住、食、穿三个方面的条件来看，当时的人类过着非常简陋的生活。

知识拓展

一位丹麦考古学家根据人类使用工具的不同年代，将人类文化发展划分成三个阶段，即石器时代、青铜时代、铁器时代。

我的笔记

延伸思考

从与无法生存的不毛之地抗争，到今天拥有便捷舒适的生活环境，人类除了在不断适应环境，也在不断改善生存环境，你是如何看待人与环境二者之间关系的呢？

日积月累

繁华　荒芜　荆棘　凶悍　鸷猛　野兽

遮盖　侵害　揣测　腥污　简陋　难堪

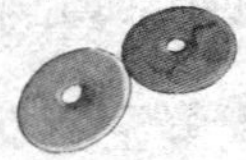

教人造屋子的老师

?文前小问号

在上一篇故事中，我们知道人类在野外的生存条件非常差，那这种情况会一直持续下去吗？有没有人想要改变这种境况呢？他是谁？我们一起来认识他吧！

人类穴居野处了许多时候，便有一个名字叫作有巢氏[①]的，觉得住在这种地方，既潮湿气闷，又要防备凶猛的野兽来侵害，总不是一个妥善的所在，所以很想设法改良一下。

有一天，有巢氏在山洞里住得气闷极了，他便独自一个人走到外面去闲逛，走了一会儿，不知不觉地

字词释义

穴居野处：指人类没有房屋以前的生活状态。

妥善：妥当完善。

① 有巢（cháo）氏：中国古史传说时代发明巢居的代表人物，也指巢居的时代。

到了一个绿树荫浓、花香扑鼻的所在。

有巢氏吸过一口新鲜空气，便在一块大石头上坐了下来，细细地赏玩这美妙的风景。一霎时他又听得绿树丛里，有几只小鸟儿歌唱着，啾啾唧唧的音调，十分婉转，因此，愈使他不忍立刻离开这个地方。

小鸟儿唱了一会儿，便停止了。有巢氏偶然抬起头来，只见它们又忙着衔着一根一根的枯枝正在树枝上架搭着。

有巢氏看得诧异极了，暗想："这是什么玩意儿呢？"一边思忖着，一边仍旧静静地考察。不一会儿，居然搭成了一个小鸟窝。一群小鸟儿都飞进窝中，很快乐地又一齐唱起歌来，好像是祝它们的新屋落成一般。

这一来，顿使有巢氏恍然大悟了。他又想："这个所在，真是又高又爽。如果我们能够照它的法子，搭起一个较大的窝来，终日住在里边，岂不是可以避开凶猛的野兽，又不致受那山洞里的气闷了？"

可是，鸟的身体很小，自然有现成的枯枝可以适用。人比鸟大得多了，这种枯枝怎能合用呢？于是，有巢氏便决心想把整棵的小树斫[①]下来，搭盖一个很大的人的窝。

字词释义

思忖：思量。

点评

小鸟衔枝筑巢给了有巢氏搭建房子的灵感。

反问

很显然，像鸟一样用枯枝搭建房子是行不通的，必须要加工一下。

---

① 斫（zhuó）：用刀斧砍。

有巢氏的主意打定了，他就动手去斫小树。可惜，那时还没有锋利的工具，那树根生长在地下，又十分地坚固，所以凭他用了多少气力，依旧是一动也不动。

有巢氏叹了一口气，自己以为这新发明的初次试验，一定是失败的了。他很懊丧，刚预备走回山洞去再慢慢地设法，不知怎样忽然一回头却瞧见了后面山脚边堆着的许多石片——这种石片，又阔又薄，样子是很锋利的——有巢氏顿时发现了一线希望，他想："不去管它，且拿了这东西来斫它几下，看它会不会倒下来！"

字词释义
设法：想办法。

他就很快地跑到山脚边，去捡了两块薄而坚固的石片来，很用力地开始在树干上斫了几下，果然，那树干上便深深地现出一条裂痕。

动作描写
表现出有巢氏迫不及待地想要尝试用石片砍树干。

有巢氏心中大喜，他就照这样继续地伐斫，斫了许多时候，好不容易居然被他斫下了一株。后来，他又觉得一个人工作，成绩很是有限。因此，他便去邀了许多朋友，大家通力合作，不到几天，就斫下了不少的树干。

字词释义
通力合作：聚合众人力量以完成某事。

有巢氏拿了这些树干，照着小鸟儿做窝的法子，一根竖，一根横，高高地架起来。并且略微加以改良，在前面开一个出入口，在上面又盖了许多茅草，

便造成了一个窝不像窝、屋不像屋的东西。

从此，有巢氏便天天住在这里面了：既没有潮湿气闷的不适，又不怕猛兽的侵害，当然较从前的山洞、旷野，好得多了。

大家看见有巢氏发明了这种住所，个个都非常羡慕，他们便也学着样，互相帮助，搭起一个个的窝来了——我们现在住的屋子，也就是照这种窝的样子，渐渐地改良，才成功的。

字词释义

旷野：空阔的原野。

改良：1. 去掉事物的个别缺点，使更适合要求。2. 改善。

我的笔记

知识拓展

著名历史学家吕振羽在《中国历史讲稿》中指出："到了有巢氏，我们的祖先才开始和动物区别开来……从此就开始了人类历史。"

延伸思考

有巢氏发明了巢居，对于之前一直在野外居住的人类而言，你觉得有哪些意义呢？

日积月累

穴居野处　恍然大悟　绿树荫浓　花香扑鼻

婉转　诧异　潮湿　气闷　懊丧　设法

锋利　裂痕　霎时　妥善　思忖　伐斫

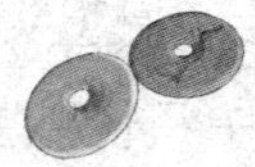

树林里烧死的野兽

?文前小问号

有巢氏发明了巢居，人类居住的问题得到了改善，可还是得继续过着茹毛饮血的原始生活，究竟是谁解决了生吃食物的问题呢？他又是怎么办到的？

自从有巢氏发明搭巢的法子以后，有一个名叫燧人氏[①]的，便也常常到野外去观察，想发明些别的应用的东西。

有一天，燧人氏正打从一棵大树下走过，忽然听得那树干上，“嘚嘚嘚嘚”地发着微响。他一时诧

字词释义

应用：指直接作用于生活或生产的。

诧异：觉得奇怪。

① 燧（suì）人氏：中国古史传说时代发明利用火和发明人工取火的代表人物。

异起来，便停住了脚步，抬起头来寻找，原来在一枝粗大的树干上，停着一只长嘴的大鸟正不住地在乱啄着。

燧人氏不明白它是什么缘故，便站在树下呆呆地瞧着，哪知一刹那间，骤然在树干上发出一缕光亮，倒把燧人氏吓了一跳。他暗想：“这棵树真好玩，怎么这鸟嘴这样啄几下，便会发出火光来？不知道用别的东西敲几下，会不会一样地发出火光呢？”

字词释义

骤然：突然，忽然。

燧人氏一边想着，便随手在地上捡起一块像鸟嘴一样尖长的石子，也学着鸟儿的样子，用力在树干上啄着钻着，不一会儿，果然觉得树干渐渐地发热了。再钻了几钻，就看见飞起一缕青烟接着便发了火，连树干也烧起来了。

点评

燧人氏通过观察大鸟的行为，进而捡起“尖长的石子”模仿，最终发明了钻木取火。这是人类在大自然中学习的过程。

燧人氏被好奇心所鼓动，险些要欢喜得发狂了。他立刻便去邀了几个同伴来，把这事告诉了他们，大家也都以为很有趣味。

他们就照着燧人氏的话，各人捡了一块尖而长的石子，拼命地向树干上钻去，过了一会儿自然也照样地发出火来了。大家便拿了些干草点着火，随意闹着玩，有些人更用了这火，去烧旁边的枯树、干草，这一来，火势便蔓延到了整个树林。林子里虽然没有人住着，但是，远近的人望见了这火光，也一齐跑来观

看了——这时候，他们已发现了功用伟大的火，却还不知道有什么用处。

火烧了好几天，把这个林子都烧得精光了。才渐渐地熄灭。可是，燧人氏却因此愈加起了研究的兴趣，他便悄悄地走进那火烧过的树林，打算寻求一些烧剩的遗迹。

他刚走了几步，就嗅到了一阵异样的肉香。他连忙跟着这阵香气找寻过去，立刻便找到了几只被烧死的野兽，有的竟连身上的毛也完全烧掉了。那阵肉香，当然就是从它们身上发出来的。

燧人氏恰巧肚子有些饿了，他就不管三七二十一，动手把死兽的肉撕了一片儿下来送进嘴里去尝了一尝。吓，真奇怪，谁知那些肉竟是香嫩适口，滋味比生的肉要好吃得多。燧人氏一个人吃了一个饱，才走出这火烧过的树林，把这事儿去报告他的同伴们。

大家得到这消息，都争先恐后地赶到这火烧场上，来找烧死的野兽吃：有的得到一只兔子，有的得到一只野猪……大家便一片一片地把肉扯下来，乱七八糟地塞进嘴里去，他们都说："燧人氏的确没有骗我们，这种烧过的肉，真的要比生肉的滋味好上几千倍呢！"

从此以后，大家才知道要吃烧熟的东西了。而

字词释义

遗迹：古代或旧时代的事物遗留下来的痕迹。

异样：不一样、不平常。

争先恐后：争着向前，唯恐落后。

动作描写

体现出大家对熟食的好奇，都迫不及待地想要立刻尝试。

点评

人们不仅学会了烧熟食物，还渐渐掌握了烧制的火候，食物的口感更好了。

我的笔记

且，渐渐地又得到一种经验：知道直接把食物拿到火里去煨[①]，是容易变成灰炭的。所以燧人氏又代他们设法，教他们找了一块薄薄的石片当作锅子，把肉搁在石片上面，用火在石片下面缓缓地烧起来——这就是我们现在一切烹调法的起源。

知识拓展

传说，钻木取火的故事发生在一个叫遂明国的国家。这个国家终年不见天日，但有一棵叫作“遂木”的大树，本篇故事中大鸟啄的就是这棵树，燧人氏从大鸟这里得到启发后学会了钻木取火，大家为了感念他，因此叫他燧人，燧人就是“取火者”的意思。

延伸思考

经火烧过的肉比起生肉，除了口感更好之外，还有哪些好处呢？

① 煨（wēi）：把食物直接放在带火的灰中烤。

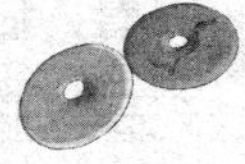

一条麻绳真有用

文前小问号

有了火，人们就可以吃到更美味、更健康的食物了。除了野果，人类还需要吃一些更有营养的肉类，守株待兔不现实，怎样才能捕获猎物呢？除了捕猎，还有没有更好的方法让人们源源不断地吃上肉呢？

从有巢氏经过燧人氏，一直到庖牺氏[①]，人们虽然住的吃的都比以前进步了不少，但是主要的食品，还是全靠打猎得来的鸟兽。当他们捉着鸟兽的时候，因为恐怕它逃走，所以常常是随手拔起些野草，绞成

点评

开头高度概括人类历史，引出本文主题。

① 庖（páo）牺氏：即伏羲，中国古史传说时代狩猎成为独立生产部门时期的代表人物。

了草绳，将它紧紧地捆绑着，以便抬回家去。后来，又因为草绳容易扯断，不适用于捆绑较大的野兽。大家便悉心研究，好容易才找到了一种又牢又韧的苎麻，用它结成了麻绳，代替以前的草绳，那些强有力的野兽，才逃不脱身。

字词释义

悉心：用尽所有的精力。

苎（zhù）麻：多年生草本植物，茎直立，叶子卵圆形或心脏形，花黄绿色。茎皮纤维洁白有光泽，坚韧，是纺织工业的重要原料。

这时候，做众人的领袖的，就是庖牺氏。他一刻不停地替众人计划着谋生的方法，更一刻不停地指挥着众人，去创造新的环境。他的事务十分繁杂，所以每每做了这件事，便忘记了那件事。为了这个缘故，庖牺氏自己也曾竭力研究，想研究出一个法子，把要做的事预先记起来。

恰巧这时候有人发明了麻绳，庖牺氏便利用了它，做记事的东西。譬如：明天有一件重大的事要做，他便在麻绳上挽一个大结；小事，便挽一个小结。到了明天，只要照了麻绳上的大小结子去办，就永不会忘记了。

点评

这种为了要记住一件事，就在绳子上打一个结的方法，叫作结绳记事。

有一天，庖牺氏处理好了公众的事务，他便坐在那树枝和枯草搭成的窝里，准备休息一会儿。不提防，一瞥眼就看见一株树枝上，有一个蜘蛛正在抽丝结网，它刚结好了没有多少时候，忽然有一个小小的飞虫飞过，不知怎样一个不小心，恰好被那网儿网住了。

字词释义

提（dī）防：小心防备。

蜘蛛看见那飞虫被网住了，它便很快活地纵身扑过来把那飞虫捉来吃了。

庖牺氏暗想：“我们人类真笨啊，大家捕捉鸟兽，总是要用了木棍去打，拾了石子去投掷，所以费力很多，收获很少。要是我们也照着蜘蛛的法子，做成一个网儿去捕捉，不但陆地上的鸟兽一定容易被捉住，就是水里的鱼虾等物，也许都可以网起来做我们的食物呢！”

心理描写

为后来庖牺氏结网捕猎进行了铺垫。

他灵机一动，便决意要设法结网。可是，蜘蛛会在自己身上抽出丝来，人类身上没有丝可抽，怎么能够结网呢?

字词释义

灵机一动：形容突然间想出了办法。

庖牺氏想来想去地想了半天，不期然地又想到那麻绳上去了。他一时何等兴奋，立刻就取了一束麻绳，照着蜘蛛网的大概，横一根，竖一根地将它打结起来。几天以后，果然被他结成几张很大的网。

他便率领众人，跑到山上去，将这几张网四面围住了，然后再到鸟兽最多的地方，拿着木棍石子儿等一阵追赶，那些鸟兽们，霎时被他们赶得昏昏沉沉的，一齐都向山上乱飞乱走，不觉都自投罗网了。

字词释义

自投罗网：自己进入罗网里去。比喻自己主动投入他人所设的圈套。

庖牺氏和众人连忙把网儿收起，居然活活地擒获了大量的鸟兽。他们以后就照这法子捕捉供众人的享用。要是有时捉得太多了，吃不完，就挑那很驯服的

字词释义

豢（huàn）养：喂养（牲畜）。

绵绵：连续不断的样子。

我的笔记

豢养起来，这些鸟兽，渐渐地由大的生小的，小的大起来再生小的，永远绵绵不绝，人类也不必再费大力去打猎，就可以得到现成的食物了。我们现在知道畜养鸡、鸭、猪、羊、牛、马等，就是上古先民传下来的法子。

知识拓展

庖牺氏（伏羲）又叫“庖羲”“炮牺”，意思就是“取牺牲以充庖厨”。“炮”在古代汉语中读“páo”，是烧烤的意思；牺牲，是古代祭祀用的牲畜；庖厨，就是厨房。“取牺牲以充庖厨”，把烧制的动物肉加入人们的餐桌，庖牺氏功不可没。

我的收获

庖牺氏教会了人们如何豢养牲畜，以后想吃肉的时候，再也不用仅仅靠打猎来获取啦！

日积月累

捆绑　悉心　苎麻　譬如　提防　纵身

投掷　灵机一动　费力　昏昏沉沉

自投罗网　擒获　驯服　豢养　绵绵不绝

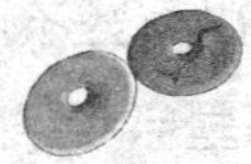

这是一件好东西

文前小问号

我们现在常说“五谷杂粮”，那究竟“谷”是一种什么样的作物呢？又是谁最先找到和种植这种作物的呢？

庖牺氏以后，便由神农氏[1]做了酋长。他是一个喜欢研究种植的人，所以天天采集了各种植物，细细地观察它的形状，细细地辨别它的味道，很有兴趣。

有一天，神农氏又采到了一种草，高约三四尺，在每株草的头上，都结着一球细粒的果实，和

字词释义

酋长：部落的首领。

点评

正因为喜欢研究和善于观察，神农氏才能够总结丰富的经验，最终发现与众不同的谷。

① 神农氏：相传炎帝为姜姓，是关中西部姜姓部落的首领尊称。其先世与黄帝族一样，是从一个原始氏族中分裂出来的。又称神农氏、烈山氏等。

他平常见惯的植物，很有些不同。神农氏当即把果实剥了出来，放在嘴里尝了一尝，觉得滋味很好。

这时候，既已发明了火食，他们无论得到什么东西，都是要放到火里去烧着试试看的。现在，神农氏得到了这种植物，自然也不能例外。因此，他就采了许多这种细果实，剥了壳，放在石片做成的锅子里，加了些水，用火煮了起来。哪知不到片刻，这石锅子里便透出一阵香气来了。神农氏忙把这细果实捞起来瞧，都比以前膨胀了好些，而且质地也变得很柔软了。他就放到嘴里去尝了一尝，不料那味道竟比什么东西都好。神农氏十分高兴，就替它取了一个名字，叫作“谷”。因为，上古时候称赞这件东西是“善”的，就叫作“谷”；神农氏把这些果实命名为“谷”，意思就是说：“这是一件好东西。”

字词释义

膨胀：由于温度升高或其他因素，物体的长度增加或体积变大。

自此以后，人民除吃肉以外，也都学着神农氏的法子，每天总要去找些谷来煮了充饥。这样一来，那天生的谷便一天天地减少，差不多已经不大找得到了。

神农氏看到这种情形，非常忧虑，他想：“照这样下去，这好吃的谷，不是就要绝了种吗？”因此，他就开始研究谷的种植法，一面找了一块平地，拔去了荒草，把谷的种子撒在泥土中。

心理描写

为后来神农氏想方设法播种谷做了铺垫。

但是，他第一次种植的成绩很不好，所结的谷全是空的。于是，他只得重新再专心研究。一直经过了好几个月的光阴，他才彻底研究明白，知道地上的泥土太结实了，无论如何是结不出好果实来的。自此，他又发明了两种开垦泥土的工具：一种叫作耒；一种叫作耜。利用这种工具，就很容易将泥土翻松。神农氏再将种子撒下去，而且每天很勤劳地灌溉、拔草。过了多时，它居然渐渐地长大，渐渐地开了花，结了果。神农氏欢喜极了，连忙将它采了下来，剥了壳，照着以前的法子，仍旧放在石片做的锅子里煮来吃，那味道却和自然生成的一点儿也没有两样。

众人知道这方法，便也学着他垦田掘地，照样地种起许多谷来。他们种了吃，吃了再种，便不怕它绝种了。

同时，神农氏尝试各种植物的结果，又发明了许多药物，替人治病。后来，他就把各种药物的形状和体质，一一记载起来，做成一本书，叫作《本草》。

点评

没有一蹴而就的成功，成功往往是从无数次的失败和反复总结经验中得来的。

字词释义

耒（lěi）：古代一种形状像木叉的农具。

耜（sì）：古代的一种农具，形状像现在的锹。

《本草》：中国现存最早的中药经典著作。又称《神农本草》，简称《本草经》《本经》。

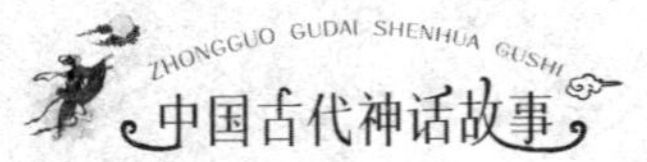

我的笔记

知识拓展

太阳神炎帝治理南方，他为了使五谷孕育生长，便叫让太阳发出足够的光和热，从此人类得以不愁衣食，大家为了感念他，称他为“神农”。传说他是牛的头、人的身子，大概是因为他在农业上像勤恳的耕牛一样，贡献巨大。

我的收获

神农氏不怕挫折，他多次尝试才终于找到了种植谷的方法；同时他还亲身实践，发明了许多药物。

日积月累

酋长　采集　膨胀　称赞　充饥　忧虑

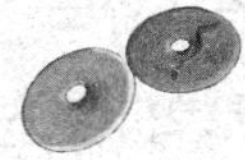

小虫儿变成鸟卵一般了

文前小问号

丝织品在历史上一度非常宝贵，除了能做成衣服，还用作书画材料，甚至还被用来充当货币使用。那么是谁创造出了这一珍贵的物品呢？她又是怎么摸索出织造方法的呢？

自从当初神农氏发明了种植，人民除了种谷以外，自然也有种别种植物的，像苎麻一项，种植的人也就不少。因为，在这时候，他们已经知道麻的用途，不但可以结绳子，还可将它编织起来，织成很粗陋的麻布，用来代替那遮蔽身体的树叶。

字词释义

粗陋：粗糙，简陋。

点评

嫘祖和有巢氏、燧人氏、庖牺氏、神农氏一样，都是善于观察的人。

到了黄帝时候，有一个女子，名字叫作嫘祖[1]。她也是很喜欢研究自然界现象的，所以一有空闲，便在山野中留心观察，仔细推敲。

点评

生动形象地写出了蚕蛹的外形。

有一天，她在山坡上走过，一眼就瞧见一株矮矮的树木。那树叶子上，却爬着几条一寸来长的虫，正在吃那树叶。其中有几条，却抬起了头，不住地蠕动着，而且嘴里还吐着一根光洁细长的东西。更有几条，却用了自己吐出来的东西，团团地竟将自己的身体也包裹在里面，形状很像一个小小的鸟卵。

嫘祖觉得很有趣儿，从此以后，她只要一有闲暇，便跑到这山坡上去观察。哪知经过不多几天那所有的虫，却一齐都变成了像鸟卵一般的东西了。

嫘祖暗想："这或者也是一种卵吧，只看它的样子，多么洁白，要是拿回去当作食品，也许是滋味很好呢！"因此，她就从树枝上采摘了几个下来，匆匆地跑回家去。

点评

原来丝的获得也是嫘祖的无心之举，她原先以为蚕蛹是可以食用的。

她立刻烧起一锅水来，把这像鸟卵一般的东西，随手丢在沸水中，打算把它煮熟了，可以尝尝新鲜的味道。

煮了半晌，嫘祖料想这东西已经煮透了，她便找

① 嫘（léi）祖：是上古时大族西陵氏的女儿，黄帝娶为元妃。后世因为她发明蚕丝有功，祀为先蚕。

了两根细细的树枝，伸下水去，想把那东西捞起来瞧瞧。不料细树枝一碰到那鸟卵一般的东西，就被这东西上散出来的细丝，牢牢地缠住了。嫘祖就拿这细树枝，索性在锅子里乱掏了几掏，可是，那缠住的丝却更加多了。

嫘祖这才明白，原来这东西是不能吃的，倒可以拿来抽出许多的丝。而且，这些丝又光滑又柔软，比较从前麻里抽出来的，真是要好过几千万倍。嫘祖又想："麻里抽出来的丝，既然可以结成麻绳，织成麻布，难道这东西不可以照样做吗？自然，要是织成了，一定会比麻布好得多了。"

她在几天中，果真先后用丝结成了绳，织成了帛。那作品却都是光洁轻软，非常美丽。她就将那些虫定了一个名称，叫作"蚕"；那像鸟卵一般的东西，叫作"茧"。

过了几天，嫘祖又去探视那些留在树上的茧子，有几个却已咬破了头，从里面飞出一只像蝴蝶的虫，扑着两只翅膀，正在那里产卵，嫘祖就把那些蚕子收藏起来，到了第二年春天，再让它们孵化，再让它们结茧抽丝，织成许多帛。

后来，大家都学着嫘祖的法子，也照样地养蚕抽丝，于是，中国人便有了正式的衣服穿。

字词释义

帛：丝织品的总称。

点评

我们常说的"春蚕到死丝方尽"，原来蚕宝宝不是死了，而是化茧成蝶了。

我的笔记

知识拓展

有关养蚕的另一个说法是，黄帝和蚩尤大战胜利之后，蚕神缓缓从天而降，手里捧了两绞丝，一绞颜色黄得像金子，一绞颜色白得像白银，前来献给黄帝。不仅如此，黄帝的妻子嫘祖也亲自把一些蚕宝宝养育起来，让它们吐出好看的丝。后来，妇女们争相效仿，慢慢地，制作丝帛的工艺就传承了下来。

我的收获

除了帛，绢、锦、纱、绉、绮、绫、罗、绸、缎，这些字都和丝织品有关，而且它们大多数都是绞丝旁。在古时候，只有有钱人家才能穿得起丝制衣物，所以才有“遍身罗绮者，不是养蚕人”。的诗句

日积月累

粗陋　推敲　蠕动　索性　收藏　孵化　结茧

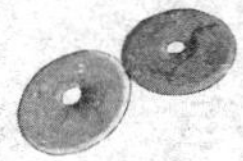

皇帝对于我有什么关系呢

文前小问号

有一位仁厚的国君，他不仅节俭朴素，还非常顾念人民，即使遇到对自己不太礼貌的人，也格外宽容平和。这位国君是谁呢？

黄帝后，经过少昊、颛顼、帝喾一直到了帝挚。那时，民间因为有一个很有德行的圣人，名字叫作尧。因为帝挚不善，百姓就把帝挚废了，推举尧做了元首。

尧为人十分仁厚，他看见百姓受了饥寒，仿佛是自己受了饥寒一般；看见百姓有了过失，仿佛自己有了过失一般。而且，他整天很辛勤地治理国事，自奉却很菲薄：住的是茅茨土阶，吃的是不和之羹，用的是些土器和瓦器，完全和平民一模一样，分不出什么

字词释义

菲（fěi）薄：此处指微薄，数量少，质量次。

茨（cí）：用茅草搭建的屋子。

不和之羹（gēng）：没什么味道和食材的汤。

贫贱和富贵来。

做皇帝的不压迫平民，自然百姓们也不会把皇帝看作神圣不可侵犯的人了。所以大家各做各的事情，完全平等，完全自由。

一天，尧走过一处地方，看见一间茅屋外面站着一个须发全白的老人，年纪大约已有八九十岁了。他满脸含着笑容，一个人很快乐地在玩着击壤的游戏。

字词释义

壤（rǎng）：古代木制的游戏器具。

这时候，有几个人在旁边观看，都说："老先生，你处在这种太平的世界，能够这样快乐，实在都是当今的尧皇帝治国有方的功劳呢！"

哪知老人听了，却提高了嗓子，唱着他自己编的歌道："日出而作，日入而息，凿井而饮，耕田而食——帝力何有于我哉？"

他的意思，就是说："早晨太阳出来了，我便去做自己的工作；晚上太阳没了，我便停止了工作去休息。我要饮水，自己可以去开井；我要吃饭，自己可以去种田——皇帝对于我有什么关系呢？"

老人唱完了歌，尧已走到他的面前。但是他看见皇帝来了，也毫不在意，仍旧满脸现着笑容，拂拭着那雪白的胡须，不住地击着壤作乐。好在尧也并不见怪，只对他笑笑，便走过去了。

点评

老人的动作展现了他对尧的毫不在意。

啊，上古时代是多么平等，多么自由呀！

点评

与前文相呼应，强调了上古时代的平等和自由。

我的笔记

知识拓展

尧担任国君时，槐山上有一个老汉，他因为常年吃仙药而身体康健，他看见做天子的尧整天操劳国事，身体羸弱，就想把可以延年益寿的松子送给尧。尧承领了老汉的好意，可是因为国事繁忙，一直没工夫去吃那松子。最后，其他得到松子的人都活了很久，尧则把自己全部的精力和健康都奉献在了治理国家上。

延伸思考

面对文中不客气的老人，尧却没有生气，从这件事上，你觉得尧是一个怎样的人？

日积月累

仁厚　饥寒　菲薄　贫贱　富贵　压迫　拂拭　平等

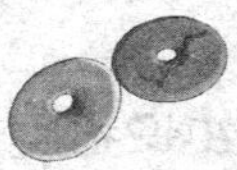

也许我们都变为鱼了

?文前小问号

有一个词叫作“堵不如疏”，说的就是这篇故事中的一对父子。究竟他们身上发生了什么故事呢？堵和疏又是怎么回事呢？

字词释义

供给（jǐ）：把生活中必需的物资、钱财、资料等给需要的人使用。

尧的时候，洪水为灾，全中国几乎都淹没在水中了。百姓没有住的地方，大家只得搬到高山上去躲避。但是，山上都很荒芜，食物不够供给，因此，有许多百姓都饿死了。

尧看到这种情形，心里非常着急。他便和群臣商量，要征求一个善于治水的人。群臣中有称为四岳[①]

① 四岳：中国古史时代人物。相传为四人，分管四方诸侯，所以叫四岳。但也有研究学者认为四岳为一人。

的，便共同保举一个名字叫作鲧[1]的人，去做那治水的工作。

不料鲧对于治水的事，完全是个门外汉，所以他接连治了九年，依旧是一片汪洋，水势一点儿也没有减少。尧对于这种因循误事的人，自然非常痛恨，当即叫人去把他捉来，在羽山上把他杀死了。但是，他仍旧在访求治水专家。

这时候，舜在帮助尧治理国政，他便保举鲧的儿子禹，继承他父亲未了的工作。

禹受命以后，又推荐益和后稷[2]二人，共同合作。——他因为父亲治水失败，竟致被杀，心里十分悲痛，所以决心要把洪水治好，完成父亲的志愿。

他劳身焦思地终日奔走，先把各处的水势考察一个明白，因此才觉悟到治水的方法，应该先要开通河道，使陆地上的水一齐汇入小河里，小河里的水又使它汇入大河里；然后再把大河里的水，一齐汇入大海里。那么，陆地上的水自然留积不住了。

主意已定，他便雇了一班工人，在北方开了两条大河，就是现在的黄河和济水；在南方开了两条大

字词释义

保举：向上级推荐有才或有功的人，使得到提拔任用。

因循误事：这里指按照老方法去做导致事情被耽误。

劳身焦思：比喻人对事情忧心焦虑。

点评

具体写了禹是如何治水的。

① 鲧（gǔn）：中国古史传说时代古族的代表人物。又称崇伯鲧、伯鲧。

② 后稷（jì）：上古时期掌管农业的官员。

河，就是现在的长江和淮水。四条大河开凿成功，才着手疏浚各处的小河。果然，不到几时，那陆地上的水，便流入小河，小河里的水，又分流到四条大河里，滔滔滚滚地出海去了。

排比

写出了禹治水的辛劳。

当禹正在治水的当儿，每天异常忙碌。他走过陆地，便乘车子；渡水，便用船；走过烂泥洼，便用橇[①]；上山，便用樺[②]。他在外面一共奔走了十三年，虽然三次走过自己家门口，却一次也没有走进去过。

等到洪水治理好了，他便叫益拿了些稻种，去分给百姓们，使他们种植在潮湿的地方；又叫后稷拿了各处剩余的东西，去分给不够的地方，使他们互相调剂。百姓们日用所需，都有了着落，自然国家也很太平了。因此，后世有人称颂禹的功劳说："没有禹，也许我们都变为鱼了！"

点评

人民并非真的会变成鱼，而是借着这种说法，赞美大禹治水的功劳伟大。

---

① 橇（qiāo）：形状像箕，乘着可以在泥淖中行路的东西。

② 樺（jú）：装在鞋子上可以防滑的工具，古人登山用具。

我的笔记

知识拓展

鲧死后，尸身三年不腐。他生前最大的遗憾不是自己被杀，而是治水的事业未竟，人民还生活在寒冷和饥饿中。天帝担心鲧会变成精怪，就派了一个天神拿着一把叫作“吴刀”的宝刀下去，劈开他的尸身。谁知更奇怪的事情发生了，从鲧被剖开的肚子里，忽然跳出一条虬龙，这就是禹。而被剖开的鲧的尸身，也化为一条黄龙，进入羽渊。自此以后，治水的任务就落到禹的身上，后世称他为大禹，意为伟大的禹，表达对他治水的感念。

延伸思考

禹为了治水，三过家门而不入，你觉得他是一个怎样的人？

日积月累

供给　保举　疏浚　因循误事　劳身焦思

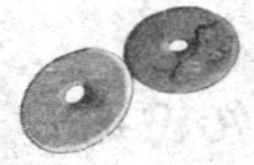

害不死的哥哥

?文前小问号

人们常说“家和万事兴”，家庭关系和睦，万事才会兴旺发达。但有这样一个青年，他的父母兄弟对他不仅谈不上和睦友善，还对他屡次痛下杀手。这个青年是谁呢？面对这样的亲人，他又会如何做呢？

距今四千年前，在历山地方的田野里，有一个青年农夫，每天很勤奋地耕种着。但是，他一面工作，一面总是长吁短叹，不住地掉着眼泪，哭个不休。

字词释义

长吁短叹：因伤感、烦闷、痛苦等不住地唉声叹气。

这农夫到底是谁？他为什么这样悲哀呢？——原来他就是上古时候的大圣人舜，只因他的父亲瞽瞍[1]，是一个非常顽固的老人。而且他继母所生的一个弟弟名叫象，性情又是非常恶劣，常常仗着父亲和母亲的溺爱，便会无中生有地搬弄是非，欺侮那同父异母的哥哥。舜处在这种环境里面，有时想着他死了的母亲和这黑暗的家庭，自然便情不自禁地伤起心来。

但是，他毕竟是一个大孝子，所以他虽然受着种种的压迫，却一点儿也不怨恨他的父母。他依旧是和颜悦色，一心想引得父母的快乐，竭力地尽他的为子之道。

象是天生的一个懒汉，一天到晚，只是闲游作乐，所以他们一家数口，全靠舜一个人劳动，才能安然过活。他每天耕田犁地，做得汗滴如雨，而瞽瞍却从来没有好面目对待过他，继母又到处吹毛求疵，弟弟又一味地说他坏话。舜在无可奈何的时候，唯有嗟叹自己的能力薄弱，自己的一片诚心不能使父母和弟弟了解，便觉得世界虽大，实在没有一个同情他的人。他除了仰天哭泣以外，还有什么法子安慰自己呢？

这时候，正是尧在做皇帝。他治理国事，很有成绩，所以全国的百姓，都称他为大圣人。后来他的年

字词释义

搬弄是非：把别人背后说的话传来传去，蓄意挑拨，或在别人背后乱加议论，引起纠纷。

情不自禁：抑制不住自己的感情。

吹毛求疵：故意挑剔毛病，寻找差错。

无可奈何：没有办法可想。

① 瞽瞍（gǔsǒu）：瞽是瞎子；瞍是眼中没有眼珠的意思。

纪渐渐老了，更决心要寻觅一个道德高尚的人，把这帝位让给他。恰巧，舜的孝行，由众人的传扬，渐渐地竟传到了尧的耳朵里，他想：“百善孝为先，凡是能够孝顺父母的人，无论对于什么事，一定也都会诚心诚意去做的。现在要禅让帝位，舜便是一个相当的人了。”

心理描写

尧认为，孝顺父母的人一定是可靠的人。

因此，尧就把舜请了来，把让位的事，向他说明了。自然，舜是坚决地辞谢，但经不起尧再三地恳切劝说，舜也只得勉强答应，暂时先帮助尧治理政事。过了不多时，尧就把自己的两个女儿娥皇和女英，同时嫁给了他。

字词释义

辞谢：很客气地推辞不受。

可是，舜的孝行，虽然感动了尧的心，却永远不能感动瞽瞍的心。而且象在这时，忽又生出一种妄想，以为只需把哥哥害死，将来自己便可以代替做皇帝了。所以每天益发在瞽瞍面前挑拨，使瞽瞍对于舜，恶感日深。

点评

瞽瞍果然如他的名字一样，是个有眼无珠的人。

顽固的瞽瞍，听了小儿子的话，真的就起了害死舜的意思。而舜是一个正直的人，哪里想得到他的父亲和弟弟会有这样的邪恶算计呢？

有一天，象想了一个法子，由瞽瞍出面，叫舜到仓库上去，修理屋顶。舜便拿着新的茅草，由梯子爬上去。瞽瞍暗想：“今天一定可以结果他的性命了！”

当舜正在仓库顶上用心工作，瞽瞍和象便悄悄地把梯子移去了，却在仓库下面，放起一把火来。

哪知事有凑巧，到了瞽瞍放火的时候，舜已经把屋顶修好，早已从另一方向攀缘着树干，溜下来了。

这计划失败后，隔了几天，瞽瞍又叫舜缒到井里去掏井。舜奉了父命，刚缒到井里，瞽瞍就在上面把井盖紧紧地盖了起来，暗想："这一次必定可以处死他了。"

字词释义

缒（zhuì）：用绳子拴住人或东西从上往下送。

象更是十分高兴，忙走过来道："父亲，这次总很稳当了吧！但是，这法子除我以外，还有谁想得出来？"

瞽瞍也点着头道："不错，这法子的确很好！"

象又贡献着计策道："现在，我们可以先分配他的财产吧：父亲拿他的那一群牛；母亲拿他的那一群羊；至于其余的一切，干戈呀，琴呀……自然都应该归我。"

语言描写

形象地展示了象及其父母的贪婪无耻。

字词释义

干戈：武器的总称。

瞽瞍道："好的，好的，那么，就照这样办吧！"

象便唯恐不及地赶进舜的房间，想去收拾他的零星物件。哪知他们以为早已死在井中的舜，却好好地坐在床上，正在弹琴。原来井中本来有一条隧道，舜早就从别的出口上来了。象却因此非常惊慌，只得假装着没事儿一般的，说道："哥哥，你现在身体很好

语言描写

象口头上对舜越是关心，越是凸显出他的虚伪。

吗？我是常常替你担着心呢！”

舜本是诚实人，哪里疑心到他的弟弟有什么恶意，所以便对象说道：“弟弟，你对我这样关心，我是很感激的！现在你终日没有事做，不如也到朝中去帮着我办办事儿吧！”

舜在尧那里治理政治，前后经过二十八年直到尧驾崩后，他才继了帝位。这时候，全国的人没有一个不尊重他的。但是，舜却不以天子为可贵，仍旧是把孝顺父母当作头等大事。他在没事的时候，常常去朝见瞽瞍，他那种和气恭敬的态度，依旧像他贫贱时一样，并且封他的兄弟象做了诸侯，却从没有想到象从前对他的恶意。

点评

舜在百姓心中的地位很高。

点评

舜成为国君后依旧厚待自己的父亲兄弟。

我的笔记

知识拓展

也有人说，象并不真的是舜的弟弟，而是真实的大象。在古代中国的黄河流域，曾经有过黄河象的影子，一些民间传说里也有舜用象耕田的故事。《汉书》里曾记载，象被封在一个叫“有鼻”的地方，因此也有学者推断，神话里舜的弟弟象，可能是一头凶猛的难以驯化的野象，后来被英勇的舜给驯化了。

延伸思考

《论语》中曾说：“以德报怨，何以报德？”意思是如果用善行来回报恶行，那用什么来回报善行呢？舜的家人对他如此残忍无情，他在成为国君后还处处优待他们，对于这一点，你是如何看待的？

日积月累

耕种　长吁短叹　顽固　溺爱　搬弄是非

欺侮　情不自禁　吹毛求疵　无可奈何

嗟叹　薄弱　诚心诚意　恳切　勉强

治理　妄想　挑拨　邪恶　算计　贡献

计策　唯恐　隧道　恶意　驾崩　恭敬

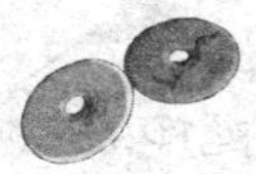

炎帝用赭鞭鞭百草

炎帝和百草有什么关系？赭鞭是用来做什么的？是谁给炎帝的呢？被赭鞭鞭打过的百草有什么变化吗？

有娇氏的女儿名叫任姒，有一天到华阳山上去游玩，忽然遇见一条神龙，吓了一跳，回来便生了一个牛头人身的怪孩子，这就是炎帝[①]。

夸张

表现了炎帝从小就与常人不同。

炎帝出生三天，就能说话；五天就能走路；七天以后，牙齿就长全了。他生活在姜水这块地方，到了三岁时候，每天和小朋友们玩耍，都是做着种植的事儿。他把草的种子、果子的核，栽在土里，竭力培

点评

从“每天”“都是”可以看出炎帝自小就很热爱种植。

① 炎帝：即神农氏。

养，使它长出更好的草木来。

这时候，人们肚子饿了，只是胡乱地采些果实，或是捉些鸟兽来充饥，因此，有时吃了性质暴烈或有毒的东西，便害起病来，甚至死亡了。并且，随着人数渐渐增多，果实和鸟兽也渐渐地不够吃了。于是，炎帝便立志要把各种食物的性质考察清楚，想拣出那些适于人类胃口的东西，把它们种植起来。

点评

当时人们的物质生活条件很差。

一天，炎帝偶然遇着了太一小子[①]，他便稽首[②]再拜，向太一小子请教道："人们吃了不适宜的食物，便要生病，便要死亡，不知道这有补救的方法吗？"

点评

炎帝用隆重的礼节向太一小子问好，可以看出他是一个恭敬谦谨的人。

太一小子道："天有九门，中间那扇门里，有位老人，出现在南方，他能够辨别各种植物的性质。你只要去请教他，他一定会告诉你一个补救的方法！"

炎帝别了太一小子，便去访问老人，老人当即赐他一条赭鞭[③]，教他拿这赭鞭去鞭百草。说也奇怪，炎帝用了这赭鞭，轻轻地向各种植物上鞭了几下，果然，那些植物都现出种种不同的性质：哪一种是寒的，哪一种是温的，哪一种是燥的，哪一种是下湿气的，哪一种是有毒的，他因此都知道了。他后来将这

① 太一小子：古代天神名字。

② 稽（qǐ）首：一种比较隆重的社交礼节，以头磕地而拜。主要流行于中国古代。

③ 赭（zhě）：即红褐色。

点评

炎帝记载药物的药性时十分仔细认真。

点评

对于从小就喜欢种植的炎帝来说，获得上天赐予的种子，再没有比这更让他兴奋的事情了。

我的笔记

些试验所得的结果，一一记载下来，便成了那部叫作《本草》的书。

炎帝辨别了草性，就动手造起犁耙来，预备种植些可以供人食用的植物。正在这个时候，忽然下大雨了，炎帝急忙把未完的工作整理了一下，打算暂时回去避一避。哪知仔细一瞧，这下来的并不是雨点，却都是很好的谷子。

炎帝欢喜极了，就把这些谷子种了起来。种完了，他刚想去找些水来灌溉，哪知地上又涌起道醴泉[①]，替他把田地灌溉好了。

自此以后，只要炎帝需要雨水的时候，雨便自然地会下来，所以大家都称他为神农氏。

知识拓展

从前面的故事中我们知道，炎帝不但主管太阳，是农业之神，他也是医药之神。传说，炎帝为了治疗人们的疾病，亲自尝遍百草，最后因为尝到了断肠草而牺牲了生命。他这种亲身实践、追求探索的精神，为后世中医药的发展奠定了基础。

① 醴（lǐ）泉：甘泉。形容泉水像甜酒一样甜。

我的收获

炎帝从小就把种植农作物这件事放在心上，遇到神仙，也是首先询问辨别植物的方法，他获得上天降下的谷粒，立刻想着去播种，可见他始终是把人民放在第一位的。

日积月累

竭力　胡乱　暴烈　辨别　补救　记载　灌溉

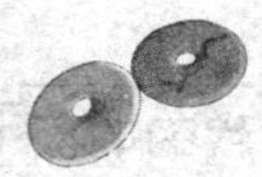

黄帝怎样征伐蚩尤

?文前小问号

神话传说中还有一个冒牌的“炎帝”，他野心勃勃，不仅统治了真正的炎帝所管辖的南方地区，还妄想称霸天下，夺取黄帝的领地。他是谁呢？黄帝会让他得逞吗？

点评

兴，百姓苦；亡，百姓苦。

字词释义

安居乐业：安定地生活，愉快地工作。

自神农氏的势力渐渐衰弱，四方部族便互相侵伐，大家忙着争夺个人的私利。百姓们却因此常常受着他们的骚扰和屠杀，谁也不能安居乐业了。

黄帝[1]眼瞧着这种情形，早知道神农氏是没有力量征服他们的了。他便造起干戈来了，预备和诸侯开战，以便援救那些无辜的百姓。哪知部族听到这个消息，十分钦佩黄帝的德行，不等他出兵，都来向他投降了。

这时候，还剩一个蚩尤[2]，暴虐得格外厉害，而且始终不肯降服。因此，黄帝便征调了部族的兵，去伐蚩尤。

字词释义

暴虐：凶恶残酷。

原来蚩尤有弟兄八十一人，他们虽然说的是人的言语，却个个都生成野兽的身体，非常丑怪，而且能够吞食沙子石子，变幻各种的妖法。黄帝早已知道他们的厉害，所以当他出师讨伐的时候，心里不由得也有些忧闷。

过了几天，黄帝的军队，已到了涿鹿的旷野，便和蚩尤接触了。兵士们因为谨守黄帝的命令，个个都

① 黄帝：相传黄帝姬姓，名轩辕，因居轩辕之丘或谓作轩冕之服而得名，又以为号，所以汉以后文献中多留下“黄帝轩辕氏”的称谓。还有传说黄帝为有熊国君，号曰有熊氏之说；或说黄帝号缙云氏，又号帝鸿氏、帝轩氏等。传说黄帝母曰附宝，见雷电绕北斗枢星，感而怀孕，生黄帝于寿丘。

② 蚩（chī）尤：传说蚩尤是九黎之君，兄弟八十一人，铜头铁额，会制造刀杖等五种兵器，威震天下。研究表明这可能是该古族在繁盛时，包括九个部落八十一个氏族，他们武器精良，勇敢善战，不断西向发展扩大新的生存空间，遂与华夏集团相遇，涿鹿之战大败炎帝。

防备得十分周密，所以一望见那些妖魔鬼怪似的敌人，便举起弓来，搭上了利箭，直向对方射去。但是，一霎时，只听得对方叮叮咚咚的一阵响，那些箭却都一支支地掉在地上，并不见他们有一个受伤。黄帝觉得很奇怪，后来仔细一调查，才知道蚩尤的弟兄们个个都是生成的铜头铁额，所以那些箭是射不进去的。

黄帝受了这个打击，正想再行设法制服他们，哪知忽然间，只见对面阵上的蚩尤弟兄们，个个都从嘴里吐出一口气来，立刻变成了很浓厚的大雾，布满了旷野的四周。兵士们被这种大雾迷蒙着，顿时失去了方向，以致进退两难了。黄帝受了这意外的惊骇，也战栗得手足无措，唯有仰天长叹，等待那最后的厄运到来。

幸亏，这事立刻被西王母[①]知道了，她便派遣一个使者，名字叫作玄女[②]的，披了黑狐裘，带了兵信

点评

即便做了充足的准备，黄帝和蚩尤的战争依然是一场硬仗。

字词释义

进退两难：进退都不好，形容处境困难。

手足无措：手和脚不知放哪里好，形容举动慌乱或没有办法应付。

厄运：困苦的遭遇，不幸的命运。

---

① 西王母：中国先秦以来广泛流传的神话人物。关于西王母的神话，产生得很早，演变也显著。殷墟卜辞中已记有“西母”，学术界有一种意见认为“西母”即西王母。它和以后在《山海经》中出现的有关西王母的记载，是否有联系很难断定。所以，关于西王母的最早文字记录应从《山海经》算起。

② 玄女：玄女或称九天娘娘、九天玄女。人头鸟身。黄帝与蚩尤战于涿鹿，黄帝不能胜，叹于太山之阿，王母有感，乃命九天玄女下降，授帝以遁甲、兵、符、图、策、印、剑等物，并为帝制夔牛鼓八十面，遂大破蚩尤而定天。

神符急急地赶到黄帝那里，传授他种种破敌的兵法。

玄女又替黄帝制了一辆指南针车，以便指示方向，使军队进退不致迷路；更制造了八十面夔牛鼓——这种鼓只要敲一下，可以震动五百里，连敲几下，便可以震动三千八百里。

黄帝当即依照指南针所指示的方向，命兵士们敲着那八十面夔牛鼓，向前进攻。蚩尤吓得躲避不及，便被黄帝捉住，在涿鹿的旷野里被杀死了。从此，黄帝也就顺从人民的请求，即了帝位。

点评

指南针和夔牛鼓是破除敌阵的关键。

点评

这证明了黄帝新的进攻策略是行之有效的。

我的笔记

知识拓展

在蚩尤发动对炎帝部落的袭击后，宽厚仁爱的炎帝为免人民受苦，就躲避到涿鹿去，请求黄帝的援助，而蚩尤则冒用了炎帝的名号，登上国君的位置。黄帝用仁义感化蚩尤不成，只能用战争来对付他了，后来就有了涿鹿之战。

我的收获

古人言“得道多助，失道寡助”，意思是站在正义、仁义的一方将会获得最终的胜利，而违背道义、仁义，则会陷于孤立。

日积月累

衰弱　侵伐　争夺　征服　安居乐业　援救

无辜　钦佩　投降　忧闷　迷蒙　进退两难

战栗　手足无措　仰天长叹　厄运　派遣　破敌

佳句欣赏

黄帝受了这个打击，正想再行设法制服他们，哪知忽然间，只见对面阵上的蚩尤弟兄们，个个都从嘴里吐出一口气来，立刻变成了很浓厚的大雾，布满了旷野的四周。兵士们被这种大雾迷蒙着，顿时失去了方向，以致进退两难了。黄帝受了这意外的惊骇，也战栗得手足无措，唯有仰天长叹，等待那最后的厄运到来。

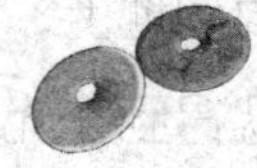

羲和所驾的车子

文前小问号

古代先民们对于难以解释的自然现象有着强烈的好奇，那他们又是如何看待日出日落的呢？这篇故事中有一位女神，她和太阳的升起落下有着什么关系呢？

上古时候，有一个太阳神，名字叫作羲和[①]。

她每天坐着车子，一刻不停地在天空巡行着。据说，替她拉车的车夫却是一只三足乌。早晨，三足乌拉着羲和的车子，从东方旸谷出发。她带着光明一路

字词释义

三足乌：神话中一种三只脚的鸟。

旸（yáng）谷：神话中的日出之地。

① 羲（xī）和：传说中的中国古代掌管天文历法的人。相传他是黄帝时代的官。《山海经·大荒南经》中也说，在东南海之外有羲和国，国中有一女子叫羲和，嫁给帝俊为妻，生了十个太阳。每天羲和在甘渊为十个太阳洗澡。

走，把万道光芒，直射到地上，一切黑暗，就被她赶跑了；地上的人们也就得到了光明，可以看清种种的事物，以便开始做他们所该做的工作。

羲和的车子，慢慢地到了咸池这个地方，羲和照例是要下车来洗一个澡的。洗过了澡，于是她又向西方驶去，那些光明也就被她带了回去。等到羲和一直到了西方的崦嵫[①]，地上是依旧黑黝黝的，看不见一点儿东西了。人们也就只得停止了一切工作，安然地去休息，这便是黄昏时候了。

字词释义

照例：按照惯例，按照常情。

黑黝黝：此处形容光线昏暗，看不清楚。

我的笔记

知识拓展

十个太阳所居住的旸谷，在东方海外，旸谷里的海水像热汤一样沸腾滚烫。那里有一棵大树，生长在沸腾的海水中，名叫“扶桑”，那里也是十个太阳的家。

最一开始的时候，十个太阳轮流陪着母亲羲和一起驾车出门，依次经过扶桑树的顶端、曲阿、悲泉等地方，最后走向虞渊、蒙谷，当最后一抹金光涂抹在蒙谷水滨的桑树和榆树上时，羲和就会驾着空车回到东方的旸谷去，伴送第二个即将出去的儿子，开始新的一天。

① 崦嵫（yānzī）：古代指太阳落山的地方。

你知道吗？我们现在所说的“失之东隅，收之桑榆”，“东隅”和“桑榆”指的就是日出日落之地。

延伸思考

羲和有十个儿子，可是我们的天空只需要一个太阳就够了呀，那剩下的九个去哪里了？

日积月累

一刻不停　照例　黑黝黝　安然

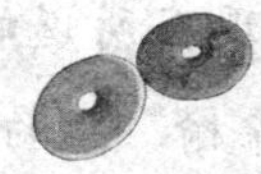

能够辨别奸佞的屈轶草[①]

文前小问号

虽然万物有灵，可是什么样的草竟然能够这么厉害，还能够辨别奸佞？它又是如何辨别的呢？

字词释义

佞（nìng）人：不正直的人。

花言巧语：指虚假而动听的话。

自私自利：只为自己打算，为自己谋利益，不顾别人和集体。

祸国殃民：使国家受害，人民遭殃。

黄帝战胜了蚩尤，天下便太平了，于是，更竭力引用有才能的人，帮助治理国政。

只是，用人既多，难免有狡猾的佞人夹杂其中。这种人在表面上看起来，每每好像是学问很好，应对很敏捷，办事很干练的，其实，大概都不过是能说几句花言巧语骗骗人罢了。如果用这种人治国，当然是自私自利，就要祸国殃民了。

① 屈轶草：样貌不详。《博物志·异草木》中这么记载："尧时有屈轶草，生于庭，佞人入朝，则屈而指之。一名指佞草。"

当时，黄帝因为忙于种种建设事业，一时没有许多工夫，去细细地考察他们。因此，有许多这样的人，便趁此机会，混在朝中，想沾些个人的权力。

不料，正在这个当儿，黄帝的殿阶下面，忽然长出了几棵怪草，名字叫作屈轶。这种草，在初生的时候，都一枝枝地向上挺立着，也和别的草差不多，并没有什么奇怪的形状。

有一次，有一个极奸恶的朝官，刚为了自己的私利，做了一件欺压平民的事儿。那平民不敢到黄帝那里去告状，黄帝自然也一点儿不知道。等到第二天，那朝官竟若无其事地上朝来了，但是当他走到殿阶下面时，那些屈轶草忽然都倒了下来，一齐挺着梢头，直向这作恶的朝官，紧紧地指着。

这作恶的朝官不知道是什么意思，一时间也有些惊慌起来了。他急忙向着旁边躲避过去，可是，那些屈轶草，依旧跟着他躲避的方向，指着不放。

黄帝坐在殿上，瞧见了这种情形，也觉得很奇怪，便吩咐几个老成而正直的大臣，彻底地查究那朝官的行为。过了几天，果然查出他种种营私舞弊的劣迹，黄帝当即将他免了官职，按律治罪。

自此以后，凡是佞人上朝来，那些屈轶草就会照样指着他，表明他的奸恶。所以，朝臣们都一心一意

字词释义

若无其事：像没有那回事一样。形容遇事沉着镇定，也形容不把事情放在心上或漠不关心。

营私舞弊：为谋私利，玩弄欺骗手段干违法乱纪的事。

地为国尽力，没有一个敢怀着邪念的了。

知识拓展

我的笔记

屈轶草，也被称为屈佞、屈草。屈，应当就是弯曲的意思。汉代学问家王充就曾经在《论衡》这本书里问过：“屈轶，草也。安能知佞？”意思是屈轶不过是一种草罢了，又怎么能辨别坏臣子呢？但是历史上确实有一些忠贞的臣子，他们的名字和屈轶草放在一起，用来歌颂他们刚正不阿的美好品质。

日积月累

狡猾　敏捷　花言巧语　自私自利

祸国殃民　奸恶　欺压　营私舞弊

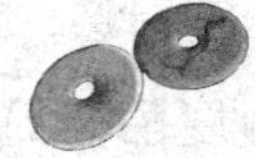

解廌[1]兽判断曲直

?文前小问号

如果说，屈轶草能够帮助国君分辨朝堂上的伪君子，那么民间的伪君子又靠谁来辨别呢？本篇故事中，你将认识一只奇怪的小兽，它就能够分辨是非对错，这只小兽长什么样？它是如何评判曲直的？

黄帝的殿阶上，自从长出了屈轶草，佞人果然不敢入朝来了。但是，在民间，却仍旧有许多狡猾的人，仗着自己的狡诈或气力，还是在欺压弱者。因此，有几个不甘受人侮辱的，便常常要到有司那里去

点评

故事开头设置悬念，吸引我们读下去。

字词释义

有司：泛指官吏。

① 解廌（xièzhì）：今作獬豸。中国古代传说中的一种灵兽。以独角为主要特征，故又称独角兽。传说獬豸又有神羊之称，象征勇猛、公正。其实物形象多出现于中国皇家建筑的屋脊之上，也被广泛用在中国古代法律界。

控告了——这便是诉讼的起源。

只是，那时一切制度都很简单，对于裁判讼事的方法，当然也没有什么章法。所以审判官一不小心，每每容易被狡猾的人所蒙混，反而弄得黑白不分、曲直倒置了。

就是贤明的黄帝，一时也想不出改善的方法，不过时时告诫有司，叫他们格外慎重些罢了。

有一次，有一个农人，托一个工人定造十把耒耜。两方预先讲定：在耒耜造成以后，农人应该用一袋子谷子，向工人换一把耒耜；并且工人先拿一把耒耜的样子，给农人看过，以便照样制造。农人也给他看过袋子的大小，双方互相商酌妥当了——不过，他们都没有写一张契约。

哪知到交换的时候，工人刚把十把耒耜送过去，农人却首先叫起来道："不对，不对，这十把定造的耒耜，没有像当初给我看的样子那般坚固啊！"

工人瞧着农人的十袋谷子，也叫起来道："我造的耒耜，实在没有改变样子，倒是你装谷子的袋子，却改小了一半儿了，这怎么行呢？"

他们这样争执起来，谁也不能判断他们的曲直。结果，两人便同到有司那里去控告。

有司审问的时候，他们依旧是各执一词，两不相

字词释义

诉讼：俗称打官司。

点评

解廌的出现可以说是很好地解决了这个难题。

点评

为后来工匠和农人争执不休埋下伏笔。

字词释义

各执一词：各人坚持各人的说法，不肯相让。

让。后来，有司又叫他们各人把当初的样子拿来，互相比较。可是，那袋子的大小，耒耜的式样固然是前后都没有两样。这真使审问的有司，感觉着十分困难。

这时候，恰巧有一个神仙，送了一只名叫解廌的野兽给黄帝。这解廌兽很像一只山羊，头上只生一只角，夏天住在水里，冬天是住在松树或柏树上的。据说，它最厌恶不正当的行为，所以只要有欺骗诈伪的人在它面前，它便能挺起那唯一的角，狠命地去顶触他。

比拟

形象地写出了解廌的外形。

这件农人和工人互讼的案子，有司既然没法判决，黄帝就派人去把农人和工人押解了来，叫他们一同站在那只解廌兽的面前。

解廌兽一瞧见那个农人，它便瞪着眼珠，直向他的身边顶触了过去。这一来，农人知道自己的秘密不能再隐瞒了，只得老实招供了出来。原来他的确把那只做样子的谷子袋暗地里改制过了。

动作描写

形象地写出了解廌是如何一眼明辨忠奸的。

自此以后，人民有什么诉讼的事情，便都用那只解廌兽去判断。

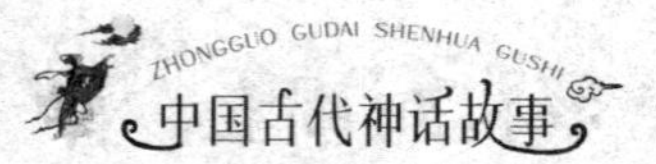

我的笔记

知识拓展

国君尧的手下，有一名铁面无私的法官，叫作皋陶。他长相奇特：脸色青中带绿，好像刚削下来的瓜皮，嘴巴像马的嘴一样。他断起案子来，可是精明干练，无论什么疑难的案子到他手里，都能马上弄个一清二楚。他为什么这么厉害呢？据说，他养着一只独角神羊，可以明辨是非，这只像羊一样的神兽，就是这篇故事中提到的解廌。你知道吗，在故宫太和殿的殿檐上，坐着十只小兽，其中一只，就是解廌。

延伸思考

解廌厌恶不正当的行为，那么它是如何评判是非的呢？

日积月累

控告　诉讼　裁判　章法　蒙混　曲直　倒置

慎重　契约　厌恶　欺骗　正当　隐瞒　判断

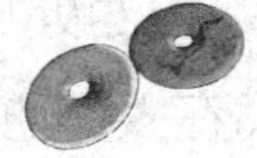

黄帝的梦

文前小问号

据说力姓和牧姓的人在很久以前曾经是一家子，他们的祖先就是力牧。当年，力牧是一个畜牧氏族的首领，力大无比，十分能干，后来成了黄帝最得力的部下之一。黄帝是如何知道这个贤人的？他到底有着怎样的治国见解，让黄帝对他另眼相看呢？

黄帝做了一个梦，梦见一个人，手里执着千钧重的大弩，在看守几千万只山羊。醒来时黄帝便自己猜想道："那人能执千钧重的大弩，一定是有绝大的力量的人，能看守几千万只山羊，一定又是善于牧民[①]的。"

字词释义

钧：古代重量单位，一钧等于三十斤。千钧在这里是虚指，并不是真的有一千钧。

弩：弩弓。古代一种利用机械力量发射的武器。

① 牧民：治理、管理人民的意思。

于是，黄帝便开始在四处找寻，要找这样一个贤人。过了几天，居然在大泽地方，找到一个名叫力牧[①]的人。黄帝不觉恍然大悟，就封他为大将。

字词释义

恍然大悟：顿时醒悟过来。

有一天，黄帝问力牧道："一个国家的兴亡，不知道有没有什么预兆？"

力牧道："我曾听见人家说，国家要是治安，国主又喜欢文事，那凤凰便会飞到他的国里来；国家要是十分紊乱，国主又喜欢战争，那么，国里即使有了凤凰，也要飞出去的。"

点评

国家能否繁荣与国主是否贤明有关。

黄帝听了这话，便格外地修德立义，治理国家，并且，在中宫[②]斋戒七天。忽然，有几只大鸟，飞了下来。它们的头是像鸡一般的，嘴是像燕一般的，乌龟的脖子，鱼的尾巴，身体又像是一只鹤。满身的斑纹，五色齐备。

黄帝忙向它们细细地瞧了瞧，原来在它们的身上，还有好几个文字缀着。头上的，是"顺德"两个字；背上的，是"信义"两个字；胸口的，却是"仁智"两个字——这大约都是赞扬黄帝的颂词。

排比

形象地写出了大鸟身上的奇特之处。

这几只大鸟，既不啄食活的虫豸，又不践踏活的草

① 力牧：中国上古时代神话传说中的一位人物。传说中他与风后、大鸿是黄帝的三位大臣。

② 中宫：即皇帝的寝宫。

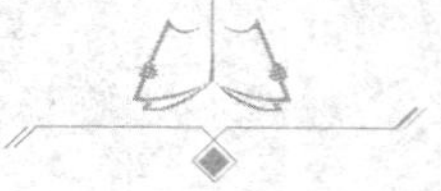

木。它们每天停在黄帝的东园，或是宿在阿阁[①]的上面。每次进饮食的时候，雄的便唱起歌来，雌的在旁边舞着。那歌声却像箫，又像笙[②]。

这是因为黄帝时候，国内治安，所以凤凰都飞来了。

比喻

形象地写出了大鸟歌声的动听。

点评

有凤来仪的原因是国家安定。

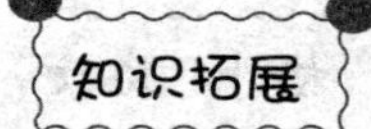

知识拓展

据说五彩鸟有三种：一种叫作皇鸟，一种叫作鸾鸟，还有一种叫作凤鸟，也就是传说中的凤凰。据说这种鸟只要出现在世间，天下就会太平无事。连生长在乱世的孔子都有“凤鸟不至”的感叹，可见它的珍贵。

黄帝有一位叫作天老的臣子没见过凤凰，凭着想象力形容这种鸟的外形，说它“前半段像鸿雁，后半段像麒麟，蛇的颈，鱼的尾巴，龙的文采，乌龟的脊背，燕子的下巴，鸡的嘴……”把飞禽走兽、爬虫游鱼各种动物的特征集中在凤凰身上，于是，凤凰就成了一只神秘的生物。

我的笔记

① 阿阁：指四面都有檐的楼阁。

② 箫、笙：都是乐器名。

延伸思考

黄帝究竟是一位怎样的国君，才能够吸引来凤凰呢？

日积月累

千钧　紊乱　格外　斑纹　齐备　践踏

佳句欣赏

忽然，有几只大鸟，飞了下来。它们的头是像鸡一般的，嘴是像燕一般的，乌龟的脖子，鱼的尾巴，身体又像是一只鹤。满身的斑纹，五色齐备。

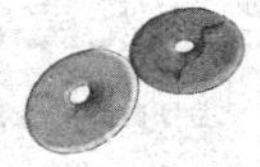

黄帝乘龙上天

文前小问号

俗话说龙凤呈祥，龙与凤这一对神秘的图腾生物经常结伴出现。上篇故事中，我们了解了黄帝因为仁爱治国，创造了太平盛世，吸引来了凤凰。那么在这篇故事中，龙会和他有什么牵扯呢？他为何要乘龙上天，他还会回来吗？

黄帝采了首山[①]的铜，在荆山[②]下铸成了一只鼎[③]。忽然间，天空中一阵乌云飞过，更听见云中呼呼地一阵响。黄帝忙抬起头来一瞧，原来是一条神

点评

为龙的出现做了铺垫。

细节描写

“忙”字刻画了黄帝为云中声响所惊动的样子。

---

① 首山：山名。现今在河南省襄城县以南 2.5 千米处。

② 荆山：山名。我国有五座荆山，本文中的荆山推测应位于河南省灵宝县阌乡南。

③ 鼎：中国古代炊食器、礼器，质地以陶、铜为主。

龙[①]，正俯下了头，似乎在和黄帝打招呼。

点评

形象地写出了龙的胡须是什么样子。

那条龙的颏[②]下，满生着长长的胡须，从空中一直挂到地上，随风飘拂着，真好像是银丝一般可爱。

黄帝不知道他是什么意思，便向他问道："你可是来迎接我上天去的？——如果是的，请你把头点三下！"

那条龙果然把头点了三下，于是，黄帝便攀缘着龙身，跳上去骑在他的背上了。那些群臣们和后宫，跟随着上去的，一共有七十多人。

另外还有许多小臣，也正想攀缘上去，哪知蓦然间，那条龙便飞也似的，直向天空上升了。这些小臣，知道是来不及跟上去了，他们便在这扰攘中，用两手狠命抓住龙的胡须，希望把他们一同带上天去。但是，终于因为用力太猛的缘故，竟把那条龙的胡须都拉断了，那班小臣便跟着堕了下来。黄帝骑在龙背上，受了这次激烈的震动，一失手，竟把手里的一张弓，也堕在地上了。

字词释义

扰攘：骚乱，纷乱。

百姓们都仰着头，亲眼瞧着黄帝上天去了，他们便感到十分悲伤，大家就抱着那张弓和龙的胡须，放

点评

百姓们十分爱戴黄帝，舍不得他离去。

---

① 龙：中国古代传说中的神异动物。四灵（麟、凤、龟、龙）之一。被尊为鳞之长，善于变化并能兴风雨、利万物。

② 颏（kē）：即下巴。

声大哭起来。

黄帝就这样登了仙。群臣们因为找不到他的骸骨，只得拿他遗留下的衣冠，埋葬在桥山[1]。把这荆山下铸鼎的处所，就定名为鼎湖。那张从天空中堕下的弓，名为乌号。

这时，有一个黄帝的臣子，名字叫左彻的，他因为还希望黄帝再能回来，所以暂时用木头雕了一个黄帝的肖像，供在殿上，每天仍旧照例率领群臣，到殿上去朝见，和黄帝没有上天以前，一点儿也没有两样。

点评

从侧面烘托出黄帝所治理的国家朝局稳定。

可是，这样过了七年，依然没有黄帝的一点儿消息，他们才知道黄帝是不会回来了，便立了他的孙子颛顼[2]做皇帝。

后来，在龙须堕下来的地方，便长出了许多像龙须一般的野草，据说，这就是现在的龙须菜。

点评

交代了龙须菜的来历和样子。

---

① 桥山：即陕西省黄陵县桥山。据《史记·五帝本纪》："黄帝崩，葬桥山。"相传汉武帝征朔方，路经此地，始建祭台，以后历代均在此祭祀黄帝。

② 颛顼（zhuānxū）：与少昊、帝喾、尧、舜并称"三皇五帝"中的"五帝"之一。

我的笔记

知识拓展

有关黄帝采铜铸鼎的说法有两种：一种认为他是为了铸炼丹药，一种认为铸鼎是为了纪念战胜蚩尤。有学者比较赞同后一种说法，认为黄帝本来就是中央的上帝，自然不必像寻常修道之人一样靠炼丹升天。但后世有人以为他是靠着丹药升天，从而模仿的人也比比皆是，最著名的当属汉代的淮南王刘安。据说他找了八个须眉皓白的老头子，号称“八公”，传授自己如何炼丹，最后吃了自己炼的丹药羽化成仙。然而，历史上的记载是，刘安谋反被人告发，畏罪自杀，可见，靠着丹药“白日升天”不过是白日做梦罢了。

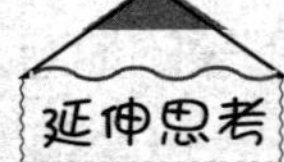

延伸思考

黄帝升天后一直过了七年，他的孙子颛顼才接任国君治理国家。这七年之中，只有一个木头人被供在殿上，但大家对这个木头人也一样恭敬，你觉得这是什么原因呢？

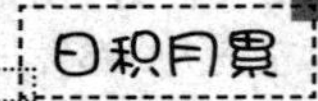

日积月累

飘拂　激烈　震动　骸骨　遗留　率领

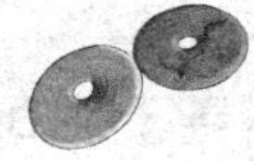

不周山的坍倒

?文前小问号

黄帝乘龙升天了，他的孙子颛顼成了国君。颛项即位后所治理的国家，是不是也像他的爷爷一样，安宁太平没有战争呢？

盘古氏开辟了天地以后，据说那时天还不十分坚固，还是常常会破坏。当它每次破坏时，人民便要遭灾难了。

> 点评
> 为后续女娲心系百姓做了铺垫。

女娲氏屡次看见人民受着这种痛苦，心里非常难过，她便炼了许多五色石子，立志要把它修补好。并且，她还恐怕那个天，或许终有一天会完全倾倒下来，所以，她便砍断鳌①的四只腿，当作四根柱子，

> 点评
> 女娲心系百姓疾苦，立志补天。

① 鳌（áo）：古代传说中海里巨大的乌龟或大鳌。

矗立在四方，顶住了天。

这样过了许多年，到了颛顼做皇帝的时候，却有一个恶人，名叫共工[①]，他因为瞧见皇帝的尊荣，心里很是羡慕，便打算把颛顼驱逐了，夺了他的帝位。

点评

共工有了不臣之心。

共工和他的党羽们商议了一下，便决定率领大众，立刻去讨伐颛顼。

颛顼却连做梦也没有想到，他的国里有着这样一个大逆不道的人。直到看见他们执着些石器、铜刀，嘴里喊着“杀，杀，杀”向着自己住的地方奔跑过来，他才知道不是好事。他也只得率领了自己亲信的人，迎将上去，要向共工责问一个明白。

字词释义

党羽：指某个派别或集团首领下面的追随者（含贬义）。

大逆不道：严重叛逆，不合正道。

声势汹汹：形容气势盛大的样子。多含贬义。

颛顼说：“共工，我本是一个奉天承命的人，上天特命我来统一天下。你不过是我的一个臣属，现在率领了许多叛徒，声势汹汹的，到这里来干什么啊？”

共工怒吼道：“我不知道什么天不天，我只知道要做皇帝。颛顼！你如果是识趣的，赶快离开这里，

① 共工：中国古史传说时代一个有治水经验的烜赫古族，也指该族的代表人物。有关共工的传说，涉及黄帝、颛顼以至尧、舜、禹，可见其族有绵延长久的历史。相传该族因与水患斗争而兴，又因水患而衰落。共工氏姜姓，属于炎帝之族，居于共（今河南辉县），处在黄河转折处的北岸，是黄河水患开始的地方，其先民在长期的生存斗争中积累了一定经验，取得一定成绩，并由此兴盛起来。

把这帝位让了给我。否则……”

颛顼知道他是不可理喻的了，就和他打起仗来。

骤然间，杀伐声一齐起来了：石器、铜刀，闹得山鸣谷应。到底，共工的乌合之众，不能抵挡颛顼的军队，便一齐败退了下来。

颛顼瞧见共工逃跑了。他更催促部下，一直在后面追赶着，打算把谋叛的逆臣生擒过来。

共工被颛顼追迫着，不知不觉地逃到了一座叫作不周山[①]的山附近，他看看前面，再没有路好走了，一时羞怒交迸，便挺直了头颈，将自己的脑袋直向不周山上撞去，想就此自尽了。

哪知这一撞，真不得了，竟把那座不周山撞倒了。

原来这座不周山，就是当初女娲氏用来撑住天的一根柱子，也就是鳌的一条腿。不周山撞倒了，天地间就跟着起了一些变化：一时狂风暴雨大雷大作，不知道伤害了多少人。

好容易，经过了很长久的时间，这灾难才平静了下去。只是，西北边的天却已破了一个大洞了。从此，日和月都要向这洞里落下去；东南边的地，也就此倾斜了。所以，直到现在，地面上的水，都是向着

① 不周山：古代神话传说中的山名，相传在昆仑山西北。

字词释义

不可理喻：不能够用道理使他明白，形容固执或蛮横，不通情理。

乌合之众：指无组织无纪律的一群人。

生擒：活捉（敌人、盗匪等）。

点评

交代了不周山的来历。

点评

从神话传说的角度，解释了日月西沉、西高东低的原因。这是由于远古先民对自然现象十分好奇，却又没有足够的知识储备来解释这些现象。

我的笔记

东南方流的。

知识拓展

根据各类书籍的记载，不周山位于西北，给《楚辞》做注解的王逸曾说，不周山位于昆仑西北。总之，不周山在一个很荒凉的地方。有意思的是，《吕氏春秋》和《山海经》这两本书都记载了不周山盛产美味。前者夸赞这世上美味的食物，除了玄山之禾，还有不周之粟；后者则说不周山盛产一种美味的水果，果实像桃子一样，叶子则像枣，美味甘甜。

延伸思考

有人说颛顼是一个暴君，共工无法忍受他的暴政才奋起反抗。查阅相关资料，说说你的见解。

日积月累

尊荣　美慕　驱逐　党羽　讨伐　大逆不道

奉天承命　声势汹汹　识趣　不可理喻　乌合之众

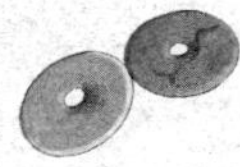

两头四手四足的怪人

文前小问号

兄妹结为夫妇，不仅有违人伦于理不合，从科学的角度来说，近亲也是不可以结婚的。那在神话传说中，如果发生了这样的事，他们会怎么处理呢？这对兄妹又有着怎样的结局呢？

这一天，颛顼正在处理一些国事，忽然外面有人进来问道：“今天有兄妹二人，居然结成夫妇了，这事儿是应不应该的？”

颛顼想了一会儿，便对那人说道：“依我看来，兄妹自有兄妹的关系，怎么可以变成夫妇呢？所以，倒要调查明白这兄妹两人，惩戒他们一下，以免别人学样！”

点评

颛顼想要惩戒这对兄妹，是为了防止他人模仿。

点评

从量刑上来看，颛顼是一个恪守礼法的人。

字词释义

声嘶力竭：嗓子喊哑，力气用尽。

恻隐：对受苦受难的人表示同情，不忍。

当日，颛顼便派人去把这兄妹二人捉了来，放逐到崆峒山[1]的左边，永远不准他们回来。

在那个地方，本来是非常荒僻的。现在兄妹俩被放逐到这里，既没有御寒的东西，也没有充饥的食物。而且，看看天色已渐渐地黑下来了，四处却只听得野兽乱嗥，一时又冷又饿又害怕，两个人便拥抱在一起，不觉放声大哭起来了。

哭了一会儿，渐渐地竟至声嘶力竭，两人便同时僵仆在地上，不会动了——他们竟死了。

这时，有一只神鸟，从崆峒山那边飞来，恰巧飞过这个地方。它瞧见了这一幕惨剧，似乎也表现着些恻隐而伤感的神气，只不住地在这两个尸体左右盘旋着。飞呀，飞呀，飞了好一会儿，又似乎有所觉悟般的，重向崆峒山那边飞回去了。

大约飞去有一个时辰，那神鸟忽然衔了一棵野草，重新飞回来了。它飞到那两个合抱着的尸体上面，就把那棵野草扔了下来，刚好将他们的尸体遮盖了。

原来这棵野草，名字叫作“不死草”，所以将它盖在尸体上面。经过了七年的光阴，那兄妹俩苏醒过来了，仍旧像普通人一般地会吃会行会说话。不过，

① 崆峒（kōngtóng）山：山名。今位于甘肃省平凉市。

他们的身体是永远这样合抱着，分不开了，竟变成了一个两头、四手、四足的怪人，大家便都叫他为蒙双氏。

知识拓展

我的笔记

在《淮南子》这本书的记载中，颛顼十分讲究“礼法”。据说，他曾经定下这么一条法律：妇女们在路上碰见男子，一定得赶快让路，若是不然，就得把她拉到十字街口去，叫巫师们敲钟击磬，做一场法事，驱除她身上的晦气。久而久之，妇女们受不了作弄，在路上碰见男人自然就提高警惕，而立法者心里还得意扬扬，觉得此法甚妙。而那只让蒙双氏起死回生的神鸟，也有人说是颛顼手下的得力干将，同时也是他的叔父——风神兼海神的禺强幻化而成的。

延伸思考

兄妹结为夫妇固然于礼不合，但将他们流放到不毛之地让其自生自灭，这个惩罚是不是有些过分呢？你怎么认为？

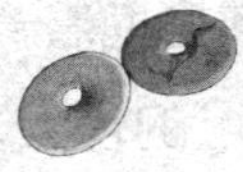

神荼和郁垒

?文前小问号

过年家家贴门神，那门上的两位大神究竟是谁？他们身上有着怎样的故事呢？人们为什么要贴门神呢？

上古，海中有一座度朔山，山上约有三千里的地方，种的全是桃树。在一株最矮小的桃树东北，有一扇鬼门，这是众鬼出入的一条通道。

> **字词释义**
>
> 度朔山：也叫桃都山，据说位于东南，因山上有大桃树，盘屈三千里而得名。

这时，有两个奇怪的人，名字叫作神荼、郁垒[①]。他们是两弟兄，却都有一种特别的本领，能够捕捉一切的鬼。

> **点评**
>
> 为后面兄弟二人成为门神做了铺垫。

神荼和郁垒，就终日站在这鬼门外面，监视这一

① 神荼（shēnshū）、郁垒（yùlǜ）：汉族民间信奉的两位门神。

群鬼。如果他们看见有凶暴的鬼要去祸害人类的，他们就将它捉住了，用苇索捆绑起来，送去给老虎吃掉。因此，无论什么恶鬼，都不敢出来作祟了。

过了许多年，颛顼氏的三个儿子死了，他们却都变成了恶鬼：一个住在江水地方的，便是疟鬼，人要是遇到了它，就要发生一种疟病[①]；一个住在若水地方的，便是魍魉鬼[②]，它终日躲在水里，也常常要传播疫病给人类的；还有一个却专在人家住屋里出入的，便是小鬼，它常常要惊吓人家的小孩子。

后来，幸亏有一个方相氏——他是生着四只眼睛，形状非常可怕的一个神——把那疟鬼和魍魉鬼都驱逐掉了，人民才得相安无事。不过，那个出入人家住屋的小鬼，却依旧天天在惊吓小孩子。因此，每家人家都痛恨极了，他们便去请了神荼、郁垒两兄弟，终日站在家门口，以便等那小鬼到来时，可以捉来喂老虎。

更有许多人家，是神荼、郁垒所照顾不到的，他们便在大门上画着神荼、郁垒的肖像，和缚鬼用的苇索、吃鬼的老虎等图画，恐吓小鬼。果然，小鬼看到这种图画，便不敢再走进这些人家里去了。

字词释义

苇索：芦苇编成的绳索。据说芦苇是中国民间一种可以辟邪的植物。因其能捉鬼喂虎，鲁迅先生就曾以“苇索”作为自己的笔名。

作祟：比喻坏人或坏的思想意识捣乱，妨碍事情正常进行。

相安无事：彼此和平相处，没有争执冲突。

---

① 疟（nüè）病：因蚊虫叮咬而感染的急性传染病。

② 魍魉（wǎngliǎng）：又作“罔两”，即山川中的精灵或妖怪。

字词释义

辟邪：避免或驱除邪祟。

我的笔记

所以，现在有许多人家的大门上，还是画着神荼、郁垒的肖像，或是挂着一块画老虎头的木牌，用以辟邪的。

知识拓展

除了神荼、郁垒之外，到唐代，也有把秦叔宝和尉迟敬德奉为门神的传统，称其二人为“秦军、胡帅”，贴于门上。新春时节，还有挂桃符，悬苇索于门上的传统。王安石诗作《元日》中的“总把新桃换旧符”，指的就是桃符。

为什么直到现在，有些人家的大门上，还会贴门神呢？

日积月累

凶暴　祸害　监视　作祟　惊吓　相安无事

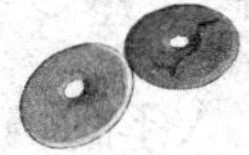

宁封子

文前小问号

黄帝手下有各种能人异士。其中有一位，主管制陶，死后还被民间奉为陶神。他是谁呢？又有着怎样的传说？

宁封子的姓氏，已经无从查考了。相传他在黄帝时候，曾做过“陶正”①。

有一天，宁封子正在工场中，监督那些工人们制造陶器，窑里的火是烧得很猛烈的。

骤然间，不知道从哪里来了一个异人，他对宁封子说道：“你可要我帮助你烧火吗？”宁封子道：“实在对不起得很，我们这里烧火的工人很多，似乎用不

字词释义

异人：有特殊本领的人。

① 陶正：周代官名。后逐渐变成陶瓷业所崇拜的行业神。

着你的帮助了。”那异人笑了笑道：“我烧起火来，很是奇妙，和普通的工人不同啊！”

宁封子听他说得奇特，便答应他道：“那么就请你试试看吧！”

那异人立刻走进工场，拿了燃料，生起火来。顿时，只看见从那堆火里，袅袅地立刻飘出几缕轻烟——可是，这些烟气和普通的不同：有的是红的，有的是绿的，有的是黄的，更有白的蓝的，缭绕在整个工场中，真是美丽极了。

正面描写

异人生出了五色烟，表现了他的奇异技能。

宁封子这才知道，这个人并不是一个平常的人，便很恳切地请求那异人，要把这法术传授给他。

不到几天，宁封子不但能照样地把烟气变成五色，而且能够使自己的身体随着烟气上上下下，非常自由。

有一天，他们俩正在随着烟气上升，不知怎样一来，两个人忽然间都失了踪迹。这时，工场里的工人们，都惊骇得不得了，大家忙着在四处找寻，却依旧没有下落。最后，他们实在没法儿好想了，只得把那堆烧剩的灰烬扒开来，立刻便瞧见两副骸骨，却好端端地躺在灰中。

字词释义

惊骇：惊慌害怕。

点评

原来宁封子和异人都葬身火海了。

后来，有人把这两副骸骨，同葬在宁北山中，所以便称他为宁封子。

我的笔记

知识拓展

有关宁封子的故事还有不同的版本。据说，他隐居在蜀地青城山的丈人峰，黄帝曾在此处向其问道。这丈人峰由五座山峰组合起来，好像屏风一样，山下有座丈人观，现在叫作建福宫，供奉的就是宁封子。那时洪水泛滥，人们居于洞穴，每次到山下取水，用湿润泥土做器皿，很容易破碎。宁封子在火中得到硬泥，悟出做陶的方法。据说有一次他正架火烧陶，哪知窑突然烧空了，窑顶的柴火坍塌下来，宁封子便葬身火窟。人们看见窑顶上有宁封子的形象，随着烟气冉冉上升，便说他登仙而去了，因此叫他宁封子。封就是封藏、埋葬的意思。

延伸思考

宁封子的姓名已经无从考证，那么“宁封子”这个称呼是怎么来的呢？

日积月累

监督　猛烈　袅袅　缭绕　传授　踪迹　惊骇

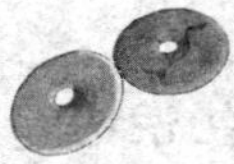

高辛氏的狗女婿

文前小问号

我们知道开天辟地的人是盘古，他和这篇故事中的狗女婿有什么关系吗？狗女婿究竟做了什么事，才能够和人类结成夫妻的？

点评

也有一种说法，说患耳疾的是皇后。

点评

交代了槃瓠名字的由来。

高辛氏[①]的时候，有一个住在王宫里的老妇人，忽然患了一种耳病，十分痛苦。后来医生替她诊治，却在她的耳朵里挑出一条小虫，形状很像蚕茧。当时，就将它放在瓠篱[②]上面，并且用一只木槃[③]盖住了。

① 高辛氏：就是帝喾（kù），名俊。“三皇五帝”中“五帝”之一。

② 瓠篱（hùlí）：瓠是一种植物果实；篱，用竹子、苇子等编扎而成的围栏设施。

③ 槃（pán）：同盘。

哪知过了几天，这条虫就变成了一只小狗，身上的毛发五色斑斓，很是美丽。高辛氏也看得非常喜悦，便将它豢养在宫中，并且取了一个名字，就叫槃瓠。

这时候，恰巧犬戎族的酋长叛乱起来了。高辛氏听到这个消息，勃然大怒，便派了好几位大将去征讨，可是，经过了长期的战争，也没法将他剿灭。

高辛氏心里烦闷极了，他便在国中宣言道："如果有人能将犬戎族征服，我情愿将爱女嫁给他做妻子，并且封他三百里的土地。"

全国的人民眼瞧着这个难得的机会，谁不想去尝试一下？只是，那犬戎酋长的凶暴，也是谁都知道的。所以，高辛氏的悬赏虽重，依旧没有人敢去应征。

这天晚上，高辛氏的那只爱狗槃瓠，忽然失踪了。起初，高辛氏虽也派人四处侦缉，但是过了几天，终因为它是一件不重要的东西，便渐渐地淡忘了。

光阴迅速，倏忽之间，早已过去了三个多月。有一天，高辛氏又想起了犬戎的叛乱，正在纳闷儿，忽然外面传来一阵汪汪的狗叫声。高辛氏仔细一听，觉得这叫声十分熟识，很想出去瞧个明白。不料在这当

字词释义

勃然大怒：形容人大怒的样子。

语言描写

将女儿作为奖赏，可见高辛氏已经到了病急乱投医的地步。

字词释义

侦缉：侦察缉捕。

倏忽：很快地，忽然。

儿，忽然有一只小狗，嘴里衔了一颗血淋淋的人头，直向高辛氏身边蹿了过来。

原来这小狗，正是那失踪三月的槃瓠。那颗人头，也就是那叛乱的犬戎酋长的首级。

槃瓠把犬戎酋长的首级，掷在地上，一边不停地跳跃着，一边却仍是向着高辛氏汪汪地叫，仿佛在向高辛氏说："我已经照着你的宣言，将那背叛你的犬戎除灭了。现在，你也该实践你的话，把你的女儿嫁给我，把那三百里的土地封给我啊！"

点评

槃瓠虽然身为动物，却有通灵法力，懂得人性。

高辛氏自然也懂得它的意思，不过，现在事已过去，倒有几分懊悔起来了。因此，他就对槃瓠说道："小狗，安静些，等我去和大臣们商量一会儿再说。"槃瓠只得暂时退了出去。

当真，高辛氏立刻便召集了群臣，开始讨论这件事的处置法。

商议了好半天，哪知群臣都不约而同地道："槃瓠杀犬戎酋长，功劳虽然很大，但是，到底它只是一个畜生，怎么可以把官号封给它，并且把美丽的公主嫁给它做妻子呢？——所以，依我们的愚见，可以不必去理睬它！"

字词释义

不约而同：没有事先约定，而彼此看法或行动一致。

高辛氏也以为群臣的意见很不错，他便打算把以前的宣言取消了。

可是，这事后来被高辛氏的爱女知道了，她便向高辛氏诉说道："父亲既已说过，能够杀犬戎酋长的，就将我嫁给他。现在槃瓠衔了犬戎酋长的首级回来，为国家除了叛乱。照理，就该实践前约。况且，做皇帝的人，第一要有信用，才能治服人民。这回，父亲要是为了爱惜女儿的缘故，便失信于天下，试问，以后还能叫人相信你的话吗？"

语言描写

表现了高辛氏之女是个讲信用的人。

高辛氏听她这样陈述，理由也很充足，无可奈何，只得将女儿嫁给了槃瓠。并且，划出会稽[①]东南海岛中的三百里土地，封给了它。

点评

高辛氏虽然不情愿，但到底还是兑现了承诺。

他们的后裔，据说男的都是狗，女的却都是美人，后世称为尤封氏。

知识拓展

我的笔记

高辛氏拒绝槃瓠时曾说，之所以不同意它和公主的婚事，实在是因为人与狗不能通婚。没想到槃瓠竟然口吐人言，说只要自己在金钟之中待够七天七夜，就可以化身为人。结果，到第六天的时候，好奇的公主怕它饿死，就悄悄地将金钟打开了，此时的槃瓠全身都已经化为人形，就剩一颗狗头还没有来得及变，并且因为提前打开了金钟，再也变不

① 会稽：地名。

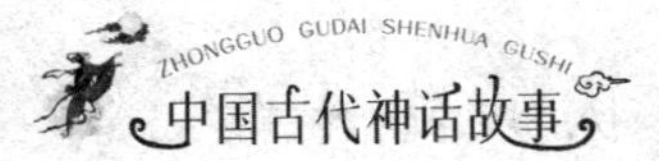

了了。最后，公主戴上狗头帽，二人才成了婚。这个故事流传在南方瑶、苗、黎等民族中，内容大同小异而“槃瓠”这两个字，也转换为“盘古”。三国时期有一本叫作《三五历记》的书，吸收了这两个传说，创造了开天辟地的盘古形象，填补了鸿蒙时代的空白。

延伸思考

你认为高辛氏的女儿身上有着怎样的品质？

日积月累

诊治　五色斑斓　勃然大怒　剿灭　应征　倏忽

熟识　懊悔　不约而同　愚见　缘故　陈述

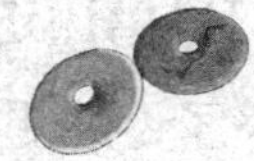

蚕是怎样变成的

文前小问号

重赏之下，必有勇夫。这句话适用于人，在神话传说中，也适用于动物。这不，前有高辛氏的狗女婿，后有蚕神传说。这个蚕神又是怎么回事呢？

槃瓠娶高辛氏女儿的事过去不久，又有一件奇异的故事发生了。

这事发生于一家平民家里的。那时，有一个老人，在很远的地方做买卖，家里除了一个很美丽的女儿以外，就只有一匹牡马。

女儿每天亲自喂养这匹马，马也十分驯良，能知人意。所以女儿在闲空的时候，还常常走到马槽边去，和马游戏。

字词释义

牡马：指雄公马。

驯良：和顺善良。

有一天，女儿正打马槽边走过，不知怎样一来，忽然想念起她的父亲来了，她便带着戏谑的口吻，对那匹马说道："马呀，我的父亲出门好久了，我很想和他见一见呢！你如果能够立刻去把他迎接回来，我就情愿嫁给你做妻子。"

点评

与高辛氏的无奈不同，文中的女儿只是同马开玩笑，一开始就没把自己的许诺当回事。

那匹马听了这话，便奋力地把那缰绳咬断了，飞也似的跑了出去，一径赶到那老人做买卖的所在去了。

那匹马见了主人，只是在他面前跳跃着、悲鸣着，仿佛有什么事情要报告似的。

老人觉得非常奇怪，暗想："这马对我这样表示，莫不是家中出了什么事故了吗？"

因此，老人便对马说道："马呀，你如果是来接我回去的，请你把头点三次！"说着，那匹马真的接连把头点了三次。

点评

这匹马也通人性，懂人话。

老人便决定要回家去瞧瞧了。他立刻跳上了马背，那匹马也就如飞一般地向着来路跑去，不一会儿，早已到了家里。老人和他的女儿，久别相见，自然是快乐非常。

老人因为这匹马能够跑许多路去接他，从此便更加爱护它，每天总是用了最上等的饲料去喂。但是，那匹马却老是现着失望的神色，接连几天，没有吃一

正面描写

表现出马的失望，也为后续故事的发展做了铺垫。

点儿东西。而且，每次见了那老人的女儿，总是伸长了项颈，很悲愤地叫了起来。

老人更觉得奇怪了。他便趁空把女儿叫了来，细细地问她："这匹马近来忽然变了态度，是什么缘故？"女儿不敢隐瞒，只得把前几天对它戏谑的话，告诉了父亲。

老人听说，勃然大怒。他一面告诫女儿，赶快去躲在房里，不要出来；一面便去邀了许多人，各自带了弓箭，暗暗地伏在马棚四周。老人先走过去，对那马说道："畜生，你也想娶人做妻子！——现在，我特地来问你一声：你到底还敢存这种妄想吗？"

点评

然而老人的所作所为与高辛氏截然不同。

那匹马却一点儿也不惊慌，反而咆哮着向着老人大声地狂叫，好像在责备他的女儿失信。老人看到这种情形，便向着埋伏的人招呼了一下。霎时，乱箭齐发，立刻将那匹马射死了。

第二天，老人剥下了马皮，晒在门口的草场上，打算把它晒干了，可以拿到市上去卖。

老人晒好了马皮，刚回到屋里，他的女儿便约了几个邻家的女伴，到草场上去游戏。她看见了这张马皮，心里十分痛恨，便向它骂道："畜生，畜生！"并且用脚去踢了它一下。

点评

不兑现诺言，射杀了马匹，事后还咒骂、拿脚踢马皮，可见女子的恶劣。

可是，骂声还没有完，那张马皮，忽然活起来了。它很快地卷了过来，就将那女儿包裹在中间，如飞一般地往山上逃跑了。

女伴们都吃了一惊，只得赶快跑回去告诉她的父亲。但是，等到老人追到山上去找寻，那马皮和女儿早已不知去向了。

字词释义

不知去向：不知道哪里去了。

隔了好几天，才有人在一棵大树上，找到了这裹着女儿的马皮，那女儿却早已闷死在马皮中了。而且，她的尸体又化成了无数小虫，栖在树上，食叶吐丝——这就是蚕。

蚕所吃的树叶，起先大家也叫不出什么名字来。后来，因为这是一件极悲伤的事，所以，就取了一个“伤”字的同音字，叫作“桑”。

点评

交代了“桑”的由来。

知识拓展

有关蚕马的后续，也有传说蚕马中的女孩成了后来的蚕神。她虽然面容姣好，但这马皮却黏附在身上，怎么也取不下来。如果她把马皮拉拢一点，包裹住自己的身体，那么她马上就会化为一条有着马一样头的蚕，还可以从嘴里吐出细长的丝来。据说，她就住在那北方的荒野，在那高百丈、并排生长的三株桑树旁，她不分昼夜地在那里吐丝，于是这片荒野也有了一个好听的名字——“欧丝之野”。

我的笔记

延伸思考

你觉得文中的女儿是一个怎样的人？有人说她的结局是咎由自取，你同意吗？

日积月累

奇异　驯良　马槽　戏谑　情愿　缰绳　一径　跳跃　事故　项颈　悲愤　责备　乱箭齐发　包裹

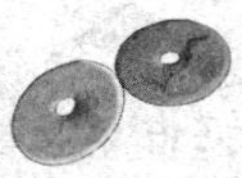

后羿射下了九个太阳

文前小问号

那日月之神羲和生了十个太阳，每天驾车轮流送他们去天上，可是十个太阳会一直老老实实地按照规矩来吗？如若不然，会出什么纰漏呢？

尧[①]即位没有几天，天上忽然有十个太阳，一齐出来。

在只有一个太阳的时代，每逢夏天，大家还觉得太热了，这时出了十个太阳，不但人人都很害怕，就是连那些田禾草木，也立刻被它晒得枯黄了。

尧看到这种情形，虽然十分担心，但是，那十个太阳，都是高高地挂在天空，委实也奈何它们不得。

字词释义

委实：确实，实在。

奈何：没有办法。

① 尧："三皇五帝"中"五帝"之一。

并且，那时恰好有一种凿齿民[1]，趁势作乱，扰害百姓，所以，尧更加着急起来了。

这种凿齿民，牙齿却有三尺长，形状像是一把凿子。他们手里又都拿着戈盾，真是凶恶极了。尧曾几次派遣精兵良将，去讨伐他们，可是，却都大败而回。

后来，尧听见人家说："有穷国里的国君，名叫后羿[2]，他是会射箭的。如果叫他去讨伐凿齿民，也许会有成功的希望。"

尧没有别的法子好想，只得依了这计划进行。果然不到几天，后羿便将所有的凿齿民，一齐在畴华之野射死了。

尧奖励了后羿一番，并且赐了他一张彤弓，然后又和他商议，处置这十个太阳的事。后羿说："我知道在每个太阳里作怪的，就是一只三足乌，要是把这几只乌射死了，那太阳也自然会消灭了。"尧便问他道："太阳挂得这么高，你能够射得到吗？"

后羿道："我虽然不能说一定，但是，照我平日的经验看起来，也许是可能的。"

字词释义

趁势：利用有利的形势（做某事），就势。

精兵良将：训练有素、战斗力强的士兵。

读书笔记

① 凿齿民：古代神话中来自海外的特殊人种。

② 后羿（yì）："羿"是名字，"后"是称呼，意思就是国君，相传后羿是有穷国的国君。

尧欢喜极了，就立刻叫后羿去试验一下。后羿仰起头来，搭上了箭，弯满了弓，只听见“嗖”的一声，那支箭便向天空中直射了上去。

动作描写

展现了后羿搭弓射箭技法的熟练与高超。

霎时，从天空中便跌下一只三足乌来，天气也凉爽了不少。后羿知道一个太阳已经被他射掉了，一时很兴奋地随手再拔出箭来，接连又射了八箭，一共九箭。地上便直挺挺地躺着九只死了的三足乌，那九个太阳都不知到哪里去了。

点评

后羿一共射了九箭，箭无虚发。

这时候，天空中已满布乌云，刮着大风，下起很大的雨来了。那像火烧似的天气，也就变得和秋天一般凉爽。

环境描写

九个太阳都被射下后，天气终于凉爽了下来。

还有那第十个太阳，生怕也被后羿射中，便深深地躲在云中，暂时不敢出来。后羿虽然想把第十个太阳也一齐射下来，可惜他手中的箭却已经用完了，所以只得让它留在天空。

原来尧叫后羿去射太阳，却有意只给了他九支箭，这是因为尧早已预算到，那最后一个太阳是应该留着的。

到如今，世界上一切生物都靠太阳光而生长，而且不至于过着黑暗的生活，便是尧所赐给我们的恩惠。

知识拓展

后羿在射下九个太阳之后，又先后为人们解决了猰貐（yàyǔ）、凿齿、九婴、鸷鸟、封豨（xī）、巨蟒这六大害。然而满心欢喜的后羿却被天帝放逐，再难以回到天上，原来，他射杀的九个太阳，正是天帝的九个儿子。痛苦的后羿遍游四方，在遭遇妻子的背叛之后性情大变，连家丁也对他生了二心。这其中就有一个叫逄蒙的人。逄蒙很受后羿的喜欢，后羿还亲自传授他箭法。可是这逄蒙是一个忘恩负义之徒，因着嫉恨后羿有高超的箭法，三番五次想暗害于他。最终，假意悔过的逄蒙趁后羿不备，用桃木棒偷袭了后羿，杀害了自己的恩师。可惜了一代英雄，却死于小人棍棒之下。人们感念后羿的恩德，奉他做了宗布神，即为民除害的神灵。

延伸思考

后羿的箭法精妙，从哪里可以看得出来？

日积月累

枯黄　委实　趁势　作乱　精兵良将　恩惠

我的笔记

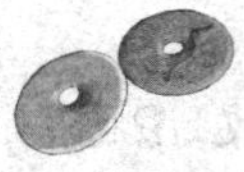

嫦娥逃到月亮里去了

文前小问号

被天帝惩罚回不到天上的，除了后羿，还有他那美丽的妻子嫦娥。也因为这件事，夫妻之间有了嫌隙，也导致了后来嫦娥对后羿的背叛。她究竟做了什么？背叛丈夫后，她如愿回到天上继续做神女了吗？

西王母家里，有一种仙丹，叫作不死药。据说人如果吃了这种仙丹，便可以永远不死了。

后羿听到了这一回事，便千方百计地要想去见西王母一面。不久，果然被他找到了瑶池，他就老着面皮，开口向西王母讨不死药。

字词释义

千方百计：想尽一切办法。

西王母因为他曾经射掉了九个太阳，对于人民

很有功劳，因此，当即满口答应，愿意给他一包不死药，叫他拿回去服用。并且对他说道："这种药是十分贵重的，就是留在我这里的，也没有多少了。所以，你务必小心地带回去。要是遗失了，第二次就不能再给你了。"

后羿连声向西王母道谢，一面就很谨慎地把那包不死药藏在怀里。然后，他得意扬扬地辞别了西王母，立刻回有穷国去了。

他一路上在想："我做了有穷国的国君，一切人世的富贵，任我享受，的确再没有什么希冀了。只是，我一向最怕的，就是一个'死'字。现在，既然已经得到不死之药，那么，连这个人人所难免的'死'字，也轮不到我的身上来了。"

后羿很快乐地想着，不知不觉，早已到了家里。他一时记起了西王母的话，忙把那包不死药从怀里掏出来瞧了瞧，幸喜依然包得很好，总算才放了心。

后羿的妻子，名叫嫦娥。正当后羿检查那包不死药的时候，嫦娥站在旁边，恰巧瞧见了，她便向后羿问道："这是什么东西啊？"

后羿因为她是自己的妻子，并不防备她有什么歹意，所以就老实对她说道："这是不死药，我刚刚从西王母那里讨来的，等一会儿，我只要把它吃了下

字词释义

满口答应：肯定、毫无保留地答应。

得意扬扬：形容非常得意的样子。

心理描写

解释了后羿在得到不死药后得意扬扬的原因。

字词释义

防备：做好准备以避免受到攻击或损害。

去，便永远不会死了。”

嫦娥听说，觉得这真是一件珍贵的东西。她想：“这包药，要是我能够设法拿来吃了，不是就可以不死了吗？”

但是，药在后羿手里，她怎样能够吃得到呢？因此，她只得开始使用欺骗方法了。她假装着仿佛突然记起一件事来似的说道：“刚才有一个人来找你，说有重要的国事要和你商量呢，你不如赶紧地去料理一下再说吧——这包药，让我替你好好地保藏着，等你回来服用就是了。”

语言描写

表现了嫦娥欺骗后羿时脸不红心不跳的样子。

后羿果然一点儿也不疑心他的妻子，很放心地把不死药交给了嫦娥。

嫦娥瞧着丈夫出了门，她便偷偷地把那包不死药吞服了。等到后羿走回家来，非但那包药早已没有了，竟连他的妻子也不知去向了。

原来嫦娥将那不死药才吃下肚去，她的身体便如云烟一般地轻了。一霎时，不由自主地，就直向天空飞了上去。她只觉得越飞越高，却不知道飞了多少里路，更不知道飞了多少时候，最后便飞进月亮里去了——她就在那边住着，做了月神。

字词释义

不由自主：自己控制不住自己。

月亮里是冷清清的，除了嫦娥以外，便没有第二个人了。她住得寂寞极了，虽然懊悔当初不该偷吃不

死药，但是，直到现在，她还是一个人住着，再没有方法回到人间来了。

知识拓展

在更早一些的传说中，嫦娥在吞下灵药前找到了一个叫有黄的巫师，占卜自己吃下药后会不会闯祸。这有黄竟是个神棍，他装模作样地对嫦娥说："放心大胆地去吧，你命中注定往后要大大昌盛！"嫦娥听了巫师的话，私吞了灵药。她不敢飞向天府，于是飞升到了月宫，没想到竟变成了丑陋的癞蛤蟆。懊悔的嫦娥无法改变一切，连后世的诗人都嘲讽她："嫦娥应悔偷灵药，碧海青天夜夜心。"

延伸思考

对于嫦娥欺骗和独吞灵药的行为，你怎么看？

日积月累

千方百计　满口答应　贵重　得意扬扬　希冀

不知不觉　恰巧　防备　不知去向　冷清清

我的笔记

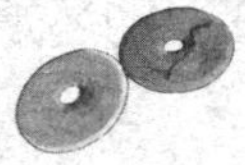

蓂荚和萐莆

?文前小问号

当下，我们的日常生活可以说是非常便捷。冰箱能够帮我们储存新鲜的食物，钟表能告知我们准确的时间。那上古先民们是怎样保存食物，靠什么来认知时间的呢？

每到炎热的暑天，食物总是很容易腐败的。尤其是在上古时候，一切防腐的方法，还没有发明，如果一到暑天，要想把食物多储藏几天，简直是不可能的事。

尧是非常爱惜物力的人。他虽然自奉很薄，但是，每餐吃剩下来的食物，不论菜羹、豆汤，总不肯轻易抛弃，总是好好地把它储藏起来预备第二天再吃。

点评

尧虽然贵为国君，但依旧非常勤俭节约。

尧每天都是这样处置着，只有一到暑天，实在是

无法可施了。所以当他每次发现了一些腐败的食物时，总是暗暗地想起两个问题，他想："我就把它吃下去吧！——可是，我还想替百姓们做些有益的事，要是吃坏了身体，怎么好呢？那么，我就把它抛弃了吧！——可是，这些食物都是用百姓们的劳力换来的，我这样暴殄[1]了，怎么对得起百姓们呢？"尧被这两个问题纠缠着，一时很难解决，因此心里便觉得很难过。

这样过了几天，尧的食物橱里，忽然生出了几株怪草：它们一刻不停地摇动着，橱里便发出一阵阵很寒冷的风。橱里储藏着的食物，被风吹拂着，便永远不会腐败了——这种草，据说名叫"萐莆"[2]。

萐莆草长出了没有几天，尧恰好在办理一件重要的事情，因为那时没有日历，在忙乱中偶然记错了一个日期，险些把那件要事耽误了。

尧一方面责备自己的记忆力太差，一方面却一心研究，想制定一种日历，使得全国的人都有所依据。但是，这时候天文学还没有出现，随你怎样苦心孤诣，一时哪里能够研究得出来呢？

尧为了这一件事，心里也着实烦闷，渐渐地竟至寝食不安起来。百姓们都担心他快要病了，个个也都

心理描写

对比吃与不吃的两种选择，凸显了尧内心的矛盾。

点评

体现了尧作为国君的责任感。

字词释义

苦心孤诣：寻求解决问题的办法而费尽心思。

寝食不安：为事所困，心情烦躁，无法安心。

---

① 暴殄（bàotiǎn）：不珍惜物品的意思。

② 萐莆（shàpú）：古代神话中表示吉祥的植物。

字词释义

愁眉不展：忧愁使双眉紧锁，不得舒展。形容心事重重的样子。

层递

通过草结荚的数量可以推算出日期的变化。

愁眉不展地非常不自在。

正在这当儿，忽然在尧的庭前，夹着阶沿，又生了几株怪草。这种草，每到月朔[①]，茎上便开始长出一荚；第二天，又增加一荚；第三天再增加一荚，这样到了月半，一共就生了十五荚。从此，便可以知道：一荚是每个月的第一天；两荚是每个月的第二天；三荚是每个月的第三天……照此推算下去，直到第十五天，都可以一目了然了。

不过，月半以后，日子一天一天地增加。一时要把它瞧一个清楚，似乎很不容易。所以，到了第十六天，那草茎上便落下一荚；第十七天再落下一荚……这样每天落下一荚，直到月晦[②]为止。

如果是月小[③]，最后的一荚虽没有落下的机会了，但是，等到下个月初一的荚生起，那最后的荚便立刻枯萎，使人一望便知道是已经废弃的了。

尧的天然日历，便这样形成了。他处理一切国事，便不必再担心记错日期了。这种草，据说名叫“蓂荚”[④]。

---

① 朔：每月初一，称为月朔。
② 月晦：农历每月的末日，因月亮完全隐没住了，称作月晦。晦，指看不太清的意思。
③ 月小：指农历中一个月只有 29 天。
④ 蓂（míng）荚：古代神话中表示吉祥的植物。

知识拓展

我的笔记

除了萐莆和蓂荚，在尧当政的时候还发生过很多有意思的吉兆。比如，喂马的草料变成了稻子，凤凰飞到了天井里，等等。其中，在尧做国君第三十年的时候，西海上忽然出现了一只巨大的浮槎（chá，木筏），槎上闪耀着亮光，晚间明亮，白天熄灭。这浮槎绕着四海游行，十二年绕天地一周，就算游行完了。之后又开始新的一轮游行，周而复始。人们便把它叫作“贯月槎”。

延伸思考

尧作为一个国君，对于吃剩的食物，为什么不干脆扔掉算了呢？

日积月累

腐败　防腐　储藏　菜羹　处置　有益　抛弃

纠缠　耽误　苦心孤诣　寝食不安　愁眉不展

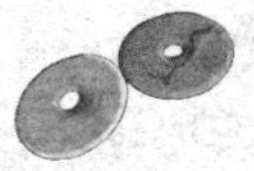

会飞行的偓佺

文前小问号

上古时期，除了贤明的国君，还有一些隐居山林的能人异士，他们不仅相貌奇异，所具有的能力也与常人不同。这篇故事中有一位老仙人，他与众不同在哪儿呢?

点评

方形瞳孔在古人的眼中是长寿的象征；也有一种说法，认为方瞳者为神仙。

槐山中住着一个异人，名字叫作偓佺[①]。他每天在山中巡行着，专门采取种种的草药，替人治病。

他从来不吃一点儿烟火食的，肚子饿了，只要将他藏着的松实拿出来吃几颗，便可以挨过去了。他的全身，都生着很长的毛，大约有七寸的光景；他的两只眼睛，几乎成了方形……非常丑怪。

① 偓佺（wòquán）：古代神话中的仙人。

有一次，有一个马夫，牵了一匹马，从山下走过，那匹马忽然溜了韁[①]，一直向前狂奔。那马夫怕它或许会踏伤了人，毁坏了农作物，心里着急得不得了，便恳求那些过路的人，帮着他去追赶。但是，那匹马却是一匹神骏，跑得太快了，终于没有一个人追得上它。

偓佺在山上听到了这一回事，他便自告奋勇，情愿替他去追赶回来。

起初，众人都不相信他的话，所以谁也不去理他。哪知偓佺竟不等那马夫的允许，便自管自地追了上去。

众人只见他很轻快地向前跑去，仿佛两脚不着地一般，不一会儿，果真在几百里以外，把那匹溜韁的马追了回来——这一来，大家才知道他是会飞行的。

过了许多时候，偓佺又拿了几颗松实，去献给尧，可惜尧没有吃它。据说，这种松，名叫“简松”，吃了简松的果实，每个人都可以活到三百岁。

字词释义

自告奋勇：自己主动地要求担当某项任务。

点评

破折号之后的内容，很好地解释了为什么偓佺“仿佛两脚不着地一般”，并且“不一会儿”就能追回马匹。

① 溜韁：韁，或作缰，是系马的绳子。指马忽然脱了绳子溜跑。

我的笔记

知识拓展

偓佺作为一个仙人，曾在后世不少文学家的作品中都出现过。比如大文豪苏轼就曾经写道："仙人偓佺自言其居瑶之圃，一日一夜飞相往来不可数。"（仙人偓佺就曾经说自己居住在瑶之圃，一天一夜往来飞行不知次数。）

延伸思考

偓佺有哪些与常人不一样的地方？

日积月累

巡行　毁坏　恳求　神骏　自告奋勇　轻快

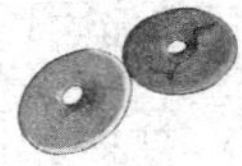

斑竹的来历

?文前小问号

自古写斑竹的诗词太多了，为什么它会被诗人格外青睐呢？难道这竹子身上还有着什么故事吗？

现在，我们所用的各种竹器中，不是有一种斑竹[①]做成的吗？那种竹上，因为有许多棕黑色的斑点，似乎比别的竹来得美丽，所以，喜欢用这种竹器的人也很多。

但是，这种竹子上，为什么生着这许多斑点呢？——其中却有一段悲哀的神话：

点评

设置悬念，引人好奇。

① 斑竹：于碧玉色杆皮上具紫色蝶旋状斑纹，斑斑如泪痕，因此斑竹亦称泪竹或湘妃竹。

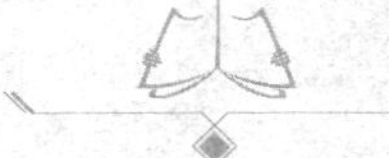

字词释义

不肖：品行不好（多用于子弟）。

点评

写出了娥皇女英是如何没有“骄盈的习气”的。

字词释义

号啕大哭：形容放声大哭。

据说，在尧做皇帝的晚年，因为丹朱[①]不肖，便决心想把帝位传给舜[②]，并且，更把自己的两个女儿，一齐嫁给他做妻子。

这两个女儿，大的名叫娥皇，小的名叫女英。她们虽然都是皇帝的女儿，但是，却一点儿也没有骄盈的习气。所以，她们和舜结婚以后，便常常跟着舜到田野中去工作，对于无论什么人，也都非常温婉谦恭。

后来，舜做了四十九年皇帝，因为要视察民间疾苦，便到南方去游历。可是，不幸得很，当他刚巡行到苍梧这个地方，终于因为操劳过度，得病死了。

娥皇和女英，当舜出门以后，她们都时刻想念着他，所以，过不了几天，便也从家里动身跟着出来了——她们依着舜所走过的路径，急急地行进，想追到舜的去处。

哪知，她们才走到湘水旁边，就得到了这个坏消息。

这是多么悲伤的事！自然，她们闻讯以后，便号啕大哭起来。这时，她们恰好站在几竿修竹的旁边，所以，眼泪滴下去，都滴在几枝竹枝上，斑斑点点

① 丹朱：尧的嫡长子。

② 舜：中国古史传说时代的古帝，称帝舜有虞氏。

的，很是鲜明。可是，事后她们曾竭力擦拭，却总是揩抹不去了。

不但这样，而且以后新生出来的竹枝，也就有斑点了——这便是斑竹的来历。

不久，娥皇和女英也死了，她们便做了湘水的神：一个名叫湘夫人；一个名叫湘君。现在在湖南地方，还有湘君庙的建筑。

并且，据一般的传说，当时她们从湘水一直到苍梧，所有沿路的竹枝上，都被她们的泪洒遍了，所以直到现在，别的地方没有斑竹，只有现今湖南和广西却产生得很多。

点评

也有一种说法认为，湘夫人和湘君是娥皇女英二人的统称。故而斑竹也被称为湘妃竹。

点评

从湘水和苍梧的位置解释了为何湖南和广西会有很多斑竹。

我的笔记

知识拓展

尧的长子丹朱，是一个很荒唐的人。他骄傲暴虐，喜欢乘船到处游玩。自从大禹治水之后，有些地方的水浅无法通船，他就命人不分昼夜地替他推着船走，即“陆地行舟”。

尧决定禅位给舜之后，怕丹朱不服，就将他放逐到南方的丹水去做诸侯。那里有个部落叫“三苗”，首领与丹朱交好，就互相勾结起来，反叛尧的统治。两方交战于丹水。因为尧的军队是人心所向，所以丹朱和三苗的联盟很快败下阵来，三苗的首领

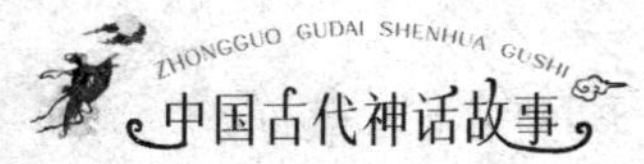

被杀，丹朱也畏罪自杀。

娥皇、女英为什么被叫作湘夫人和湘君呢?

日积月累

斑点　悲哀　不肖　温婉　谦恭

操劳过度　闻讯　号啕大哭　鲜明

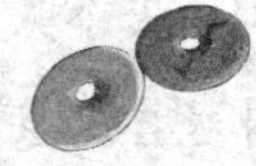

奇怪的玛瑙瓮

文前小问号

玛瑙瓮就是玛瑙做的瓮，这没有什么稀奇的。可是高辛氏的这只玛瑙瓮就和一般人的不一样，到底哪儿不一样呢？

当高辛氏做皇帝的当儿，因为很有德行，连远方的小国，也都来朝贡。其中有一个叫作丹丘国[①]的，献了一个玛瑙[②]瓮进来。

这个玛瑙瓮，雕制得玲珑精巧，十分可爱。高辛氏收受以后，一时没有什么用处，就拿它来盛甘露。

点评

用玛瑙瓮盛放甘露，引起下文。

① 丹丘：传说中神仙居住的地方。

② 玛瑙：矿物。主要产于玄武岩或古熔岩的洞穴中，其成分基本是石英。中国的玛瑙产地分布广泛，几乎各省区都有。

字词释义

祥瑞：好事情的兆头或征象。

因为，那时候政治清明，天下太平，各种祥瑞，时时发现，所以高辛氏的厨房里，也常常是充满甘露的。

这样经过了六十多年，一直到了尧的时候，玛瑙瓮里的甘露，还是满满的，一点儿也没有干竭，尧就叫它宝露。

拟人

描写了供奉着玛瑙瓮的宝露坛仙气缭绕的景象，增添了神秘感。

到了舜的时候，才把这玛瑙瓮放到衡山[①]上去，并且在衡山上，建造了一座宝露坛。据说，在这坛的四周，时时有云气环绕着，仿佛是护卫似的。直到舜南巡衡山后，又把它搬到零陵[②]去了。

对比

很好地解释了玛瑙瓮里的甘露增减变化的原因。

自此以后，这玛瑙瓮里的甘露，每每就跟着时世的兴衰，自己会增多或是减少：要是时世兴盛，瓮里的甘露便会满起来；时世衰替，瓮里的甘露便一点点地减少了。

我的笔记

知识拓展

传说高辛氏以前，人们虽有一年四季的概念，但只是日出而作，日落而息，没有一个科学的时间概念，这严重制约了农业的发展。为了改变这一局面，高辛氏观察天象，根据物候变化规律，制定了

① 衡山：山名。今位于湖南衡山县南。

② 零陵：指舜的陵墓，“零”的本意是“涕零”的意思。为了纪念娥皇、女英，人们将舜陵改称零陵。

二十四节气，指导人们按照节令从事农业活动。如今，二十四节气已经被正式列入联合国教科文组织人类非物质文化遗产代表作名录。

延伸思考

玛瑙瓮里的甘露为什么会有增有减呢？

日积月累

德行　玛瑙瓮　甘露　祥瑞　兴衰

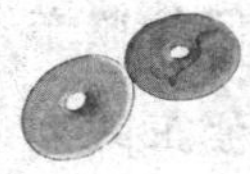

洪水时代的奇迹

?文前小问号

你知道吗？鲁迅先生在少年时期，曾经有一本特别喜欢的奇书，就是这篇故事中提到的《山海经》。这本书究竟哪里有意思？这篇故事中所介绍的奇特内容，哪一个最吸引你呢？

点评

侧面表现了治水的任务艰巨。

字词释义

怠慢：冷淡，不恭敬。

古时洪水泛滥，尧曾使鲧治理这件事。但是，经过了九年，仍旧没有成功。到了舜做天子，便保举鲧的儿子禹[①]，叫他继续父业。

禹奉了这个使命，不敢怠慢，立刻偕同益，先到各处名山大泽间去调查水势。他每到一个地方，便召集山神，细细地问他：山川的脉理怎样？鸟兽昆虫的

① 禹：史称大禹，因治理洪水有功，受舜禅让而继承帝位。

产生怎样？以及八方的民俗、土地的里数等，都叫益记下来，不久就完成了一部书，叫作《山海经》[①]。现在把它摘出几则来看看：

招摇山，在西海上，山上多桂树和金玉。更有一种小草，开着青色的花，名叫祝馀。这花只要摘几朵来吃了，肚子就永远不会饥饿。还有一种树木，结的果子很像谷类，名叫迷谷，如果将它采下些来佩在身上，就不会被一切魔怪所迷惑了。还有一种野兽，样子很像禺[②]，耳朵是白的，能够像人一般两脚站起来走路。这种兽名叫狌狌[③]，吃了它的肉，能够跑几千万里路，不知疲倦。

夸张

猩猩是一种灵长类动物，而上古先民并没有这样的科学认识，所以会有一些夸张的想法和理解。

钟山的山神名叫烛阴，它把眼睛睁开来，便成为白天；把眼睛闭起来，便又变作夜晚了。他用嘴吹一口气，季候就变成严冬；叫一声，就变成炎夏。它既不饮，又不食，身长约有一千里，相貌非常奇怪：人的脸，蛇的身体，颜色又是血红的，终年住在钟山的下面。

点评

介绍了烛阴的特点。

崇吾山上，有一种小鸟儿，形状像凫（fú），却

① 《山海经》：中国古代以“山”和“海”为纲领，广泛辑录多种巫师、方士所记各地山川、神话、巫术的资料汇编文集。西汉末由刘歆（后改名秀）编定。

② 禺（yú）：中国古代神话中的一种猴。

③ 狌（xīng）狌：即猩猩。

只有一只翅膀，一只眼睛，仿佛是从整个鸟身上剖下来的半只。它们一定要找到别的同类，互相把身体拼凑起来，才可以任意飞翔。这种鸟名字叫作蛮。据说，当它们飞出来的时候，世界上便要发洪水了。

夸张
强调太华山之高。

太华山形势峻峭，高约五千仞[①]，山顶成四方形，周围约十里。山上并没有鸟兽，只有一种大蛇盘踞着，蛇名肥壝（wéi），有六只脚，四只翅膀。有人见到这种大蛇，世界便要大旱了。

外貌描写
展现了陆吾的奇特外貌。

字词释义
富庶：此处指物产丰富。

昆仑山上有一个神，面貌虽和普通人差不多，但是，他的身体，却像一只老虎，而且有斑纹，有尾巴。尾巴上缀满白色的点子，样子十分可怕。[②]在他住着的地方，下面有一条弱水环绕着，水的北面，又有一座山，叫作炎火山。山中火光熊熊，要是拿物投到山中去，立刻便会燃烧起来。这山非常富庶，无论什么东西都有，而且还有一个神，嘴里生着老虎的牙齿，背后长着豹的尾巴，头上戴着一个胜[③]，终年住在洞穴中的，名字就叫作西王母。她有三只青鸟，终日飞来飞去的，据说是替她到昆仑山上去取食

① 仞：古代计量长度单位。周制为十一尺为一仞，汉制七尺为一仞。

② 此处应指陆吾。陆吾是昆仑山上的神明，人面、虎身、虎爪，有九条尾巴。

③ 胜：古代妇女首饰。

物的。

昆仑山的面积，约八百里，高约一万仞。山上有木禾，长约五寻[①]，粗约五围。木禾的前面有九口井，井栏都是用白玉雕成的。更有九扇门，每一扇门里，都有一只名叫开明的野兽[②]守着——开明兽身大如虎，生着九个头，容貌都和人一样，永远是向着东方站着的。在开明的西面，有几只凤凰和鸾鸟，它们的头上都顶着一条蛇，脚下也踏着一条蛇，胸口更盘着一条赤蛇。

点评

中华民族自古对“九”这一数字有着独特的情结，因为九是最大的阳数，故认为“九”有着顶端、最的含义。

林氏国有一种珍奇的野兽，大小和老虎相仿佛，身上五色斑斓，尾巴很长，名字叫作驺（zōu）。有人骑着它，一天可以走一千里路。还有一种巴蛇，全身是黑色的，头部是青色的。它因为身体长得太大了，平常的一切野兽，委实不够它一嚼，因此，常常只找寻些大象来充饥——也许正如我们吃一只小虾一般，要经过三年以后，才会把骨头慢慢地吐出来。

点评

形象生动地写出了巴蛇之大。

昆仑山的东面，有几个本领很大的神人住着，他们的名字叫作巫彭、巫抵、巫阳、巫履、巫凡、巫

① 寻：古代计量长度单位，八尺为一寻。

② 开明兽：开明兽也是昆仑山上的神兽，有九个头、虎身、人面。开明兽不等同于陆吾。

相。以前曾有一个蛇身人面，名字叫作窫窳[①]的，忽然被人杀死了，他们能够用不死的药，使那窫窳的尸体死而复生。

此外，还有不少奇异的地方，产生不少千奇百怪的鸟、兽、草、木，一时也说不尽这许多了。

我的笔记

知识拓展

洪水平息之后，禹想量一量大地的面积，便命他手下的两个天神大章和竖亥，一个从东极走到西极，一个从北极走到南极去丈量长度，没想到两个人量的数目是一样的。而那些三百仞以上的洪水大坑，早就被息壤填平了；那些突起的地方，也变成了有名的山川。《山海经》里就记载着，竖亥出发的时候，右手拿了一些叫作“算”的竹片，是专门用来计算数目的。

延伸思考

《山海经》中的西王母，和现在影视作品里的西王母形象一样吗？《山海经》里的她长什么样？

① 窫窳（yàyǔ）：古代传说中神祇之名，原为人首蛇身，后因故化为龙首猫身。

日积月累

怠慢　迷惑　峻峭　盘踞

环绕　火光熊熊　富庶

佳句欣赏

钟山的山神名叫烛阴，它把眼睛睁开来，便成为白天；把眼睛闭起来，便又变作夜晚了。他用嘴吹一口气，季候就变成严冬；叫一声，就变成炎夏。它既不饮，又不食，身长约有一千里，相貌非常奇怪：人的脸，蛇的身体，颜色又是血红的，终年住在钟山的下面。

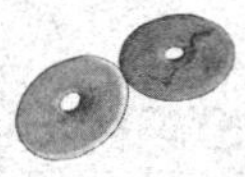

防风国的两个凶神

文前小问号

尧舜都是广受人民拥戴的明君，那大禹呢？他除了治水有功，是否也受到各个部落的推崇呢？如果遇到野蛮之人，他又会怎么处理呢？

点评

为后续故事的发展做铺垫。

字词释义

巡狩（shòu）：天子巡行诸侯所守的地方，叫作巡狩。

上古的制度，凡是做天子的，每隔五年定要到各处去巡狩一次。

禹即了帝位，天下已经很太平了。过了几年，也照例到各处去巡狩。有一天，到了茅山[①]顶上，禹觉得那座山的形势很好。如果就在这地方做个开会的场所，似乎是很适宜的。因此，他便发出一道命令，立刻召集诸侯们，到茅山上来会见。

① 茅山：就是会稽山。

这一次的大会，因为是专门计划治国的道理的，所以，禹就把茅山的名字，改成了“会计”——后来也有人将它写为“会稽”了。

> **点评**
> 介绍了会稽山名字的由来。

闲话慢表，再说当时四方的诸侯，自从接到了禹的命令，他们便急忙动身，一齐向着茅山进发。不多几天，就已到了目的地。茅山顶上，顿时挤满了黑压压的人头，非常热闹。有人约略地计算一下，大约执玉帛[①]的，一共有一万多国，这真可算是自古以来第一次的盛会了。

在这些诸侯之中，心悦诚服地来会的，自然是居于多数；但是，其中也有桀骜不驯，一时因为畏惧禹的势力，不得已而来的，像防风国的两个凶神，便是属于这一类的。

> **字词释义**
> 心悦诚服：真心实意地服从或敬佩。
> 桀骜不驯：凶暴倔强，不肯顺服。

这两个凶神，来的时候，手里既不执玉，又不执帛，却是执着两张大弩，形状已是十分地野蛮了。哪知他们一遇着大禹，不问情由，便举起大弩，搭上了一支利箭，直向他射了过去。幸亏大禹躲避得很快，总算没有被他们射中。

> **点评**
> 表现了两个凶神的野蛮与无礼。

这时候，两个凶神看见大禹神色不变，心中正在吃惊，忽然间，天上却已布满了乌云，轰隆轰隆地打起雷来了，一道道的电光，不住地只向着两个凶神的

① 玉帛（bó）：指古时诸侯们见面时互赠的礼物。

身上闪着。因此，两个凶神更加手足失措，不知怎样才是。

他们暗想："大禹的确是一个伟大的神人，所以我们侵犯了他，天也要责罚我们了。可是，与其被迅雷击死，倒不如自尽了吧！"他们一面想着，一面便拔出一把刀来，向着自己的心窝里刺了进去。

仁慈的大禹，看到这种情形，不但不怨恨他们，反而动了恻隐之心。他立刻便去找了一株"不死之草"来，亲自给他们治疗，那两个凶神才重新活了过来。

不过，他们的胸前直穿到背后，永远是留着一个大洞了。后来他们的子孙渐多，便另成一国，就叫作贯胸国。

贯胸国里的人民，却有一件极便利的事，就是他们每天出门，可以不必坐轿，不必乘车，只要用一根木棍，向着那胸口的洞中一穿，前后雇两个人抬着，便可以很舒适地到处游行了。

字词释义

手足失措：形容非常慌张，不知如何是好的样子。

恻隐之心：看到别人遭受苦难而产生怜悯同情的心情。

点评

交代了贯胸国名字的由来。

我的笔记

知识拓展

有关防风氏的凶神，《博物志》这本书里还有另一种版本。原来，在会稽山开会时，防风国的国君因为迟到而被大禹杀了。后来洪水平息之后，天上降下两条神龙来，禹就派一个叫范成光的使者，驾着两条龙，巡视海外各国。途经防风氏部落时，防风的两个臣子为报国君之仇而想射杀禹的使者，不想失败，于是愤而自杀。后续的故事，就与本篇故事中描述得差不多了。

延伸思考

贯胸国的国民有什么特殊技能吗？

日积月累

巡狩　心悦诚服　桀骜不驯　恻隐之心　侵犯

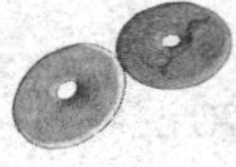

三千多人像牛一般地喝酒

文前小问号

大禹治水，有功于人民，可是他后世的一些子孙却没有像他一样行忠义之事。这其中，大禹所开创的夏朝最后一任君主，叫作桀，就是一个暴君。他究竟是如何荒淫无度的？他的臣民仇恨这样的君主吗？

字词释义

肆无忌惮：任意妄为，没有一点儿顾忌。

搜刮：用各种方法掠夺（人民的财物）。

舜把帝位传给禹，禹改国号为夏。自此以后，帝位便一直传给他的子孙，一共传了十多代。经过四百多年，最后传到桀[①]，桀竟肆无忌惮地暴虐起来。

桀是生性残暴、只贪快乐的人。所以他做了皇帝，就把国家大事搁着不问，一心只注意搜刮民间钱

---

① 桀（jié）：夏朝最后一个王。又名履癸，夏王发之子，姒姓。

财，供他个人作乐。因此，百姓异常怨恨，个个都希望他早些死亡。

桀常常把自己比为太阳，百姓们便赌着咒道："太阳呀，你为什么不快快地灭亡呢？要是你有一天真能够灭亡了，就是连我们同归于尽，也是情愿的！"从这一段话里观察起来，就可以明白当时百姓们痛恨他的程度了。

字词释义

同归于尽：一同死亡或毁灭。

觉悟：由迷惑而明白。

但是，桀却永远不会觉悟的，他仍旧是任性地兴建许多楼台亭阁，整日整夜地住在里面，听歌饮酒，非常逍遥。

他又听了他妃子妹喜的话，在园中开凿了个极大的池子，池中装满了美酒，取名叫作"酒池"。酒池落成那一天，桀便发下一道命令：叫他的侍臣们，装作牛喝水的样子，伏在池边上喝酒。一时竟有三千多人，被他逼迫着，不得不照他的话去做。

点评

从这道命令可以看出桀的荒诞不经。

有几个不会喝酒的，只喝了几口，早就酩酊大醉，不知怎样一个不小心，便跌在酒池里溺死了。可是，桀和妹喜非但一点儿也没有怜悯他们的意思，反而拍手大笑，当作一件极有趣儿的事。

字词释义

酩酊（mǐng dǐng）：形容醉得迷迷糊糊。

这样玩了几天，玩得厌了，桀又叫人把自己动物园里的一只老虎放出来，让它在热闹的大街上奔跑。桀和妹喜，却远远地站在一个高楼上瞭望着。当他们

字词释义

惊慌失措：惊恐慌乱，不知道怎么办才好。

正面描写

表现了桀的穷奢极欲。

字词释义

荒淫无度：生活糜烂，沉迷于酒色没有节制。

我的笔记

看到那些百姓们惊慌失措，四处逃跑，便又很快乐地哈哈大笑起来。

妹喜还有一种奇怪的嗜好，就是喜欢听撕裂绸缎的声音。桀因为要讨得她的欢心，便收集了民间的几千万匹绸缎，叫人一匹匹地撕碎来给妹喜听。那百姓们纺织绸缎的艰难困苦，他却一点儿也没有想到。

桀这样的荒淫无度，竟一天比一天厉害了。百姓们徒然在心中怨恨，终于也无可奈何。

幸亏，当时有一个小国的国君，名字叫作汤①的，看到这种情形，心里很是不忍，便决心起兵，援救那些受苦的百姓们。

不久，汤便灭了夏朝，将桀捉了来，监禁在南巢②这个地方。自己代桀做了皇帝，改国号叫作商。

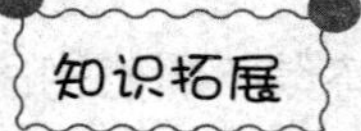
知识拓展

夏桀有一个叫作费昌的亲信，有一次到黄河边闲游，竟看见天上有两个太阳。东边的那个太阳射出万道霞光，被彩云所簇拥，有冉冉上升的趋势；而西边的那个则红而无光，伴随着败絮一样的灰云，病恹恹地像要沉下去一样。费昌想起“天无二日，

① 汤：商朝的建立者，原为商族部落领袖，主癸之子。

② 南巢：现今安徽省巢湖南。

人无二王”这句俗话，心里很是震惊，于是询问河伯这异象是怎么回事。河伯告诉他，西边的太阳就是夏桀，东边的太阳是殷汤（因为商朝曾建都在殷，所以商朝也叫殷或殷商）。费昌一听，知道夏王朝已经大势已去，江山难保了，于是立刻带着一家老小投奔了汤王。

延伸思考

为什么夏朝的百姓宁愿同归于尽也要桀灭亡？

日积月累

肆无忌惮　生性残暴　搜刮　怨恨　同归于尽

酩酊大醉　瞭望　惊慌失措　嗜好　荒淫无度

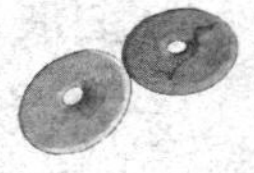

飞沙填没了长夜宫

文前小问号

有个成语叫作“天怒人怨”，用来形容夏桀此人再合适不过了。上篇故事中我们知道他鱼肉百姓，不把人命当回事，那么，面对这样的暴君，上天是怎样做的呢？

字词释义

暴虐无道：所作所为残暴凶狠，丧尽天良。

夏桀暴虐无道，百姓们都很怨恨他。但是他的力气很大，能够徒手打死老虎，所以大家也奈何他不得。

自从他去征伐蒙山，娶了妺喜回来，便事事都听她的指使，更加穷奢极欲，荒淫无度了。

不久，桀又听了妺喜的话，预备在宫中建筑起一座瑶台来，作为他们游乐的场所。于是，他便发下

一道命令，要征集全国的百姓来替他做工，并且还要他们尽力地捐助钱财。因此，百姓们财穷力竭，十分困苦。

有一个大臣名叫关龙逄（páng）的，看到这种情形便劝他道："古时候的皇帝，都是爱百姓，讲俭朴的，所以国家也很安宁。现在，你用钱好像永不会穷尽似的，杀人又不当怎么一回事，要是再不改过，也许亡国就在眼前了！"

桀却冷笑道："哼，你要明白，我之有天下，犹如天上有太阳，太阳会有灭亡的时候吗？——这是你的妖言罢了，要知道，妖言惑众是犯罪的。"说着，便叫人把关龙逄拿下，绑出去斩了。

从此，便没有人再敢劝谏他了。桀不但照着计划，把瑶台建筑好了，更在深谷中造了一座长夜宫，预备和妹喜以及亲信的人们彻夜作乐。

这座长夜宫，造得非常精致，其中雕梁画栋，真是说不尽的繁华。造成以后，桀便率领妹喜和宫女们，昼夜住在宫中，并且邀了一班幸臣，整日饮酒、奏乐。这样男男女女的混杂在一起，每夜总是直到天亮，才肯散去。

桀在夜里饮宴得疲倦了，白天就整日地睡觉休息，这样接连十旬，他一直没有上朝去听政。一切国

字词释义

财穷力竭：钱财和力气都消耗光了。

神态描写

展现了一个自大且冷酷无情的暴君形象。

字词释义

妖言惑众：用荒诞不经的话迷惑众人。

雕梁画栋：形容建筑物富丽堂皇。

家大事，只凭着他所亲信的几个佞臣，任意处理，国事自然便紊乱得一塌糊涂了：狡猾的莠（yǒu）民，可以放大胆子欺压弱者；驯良的百姓，受了冤屈没有地方申诉。搅得天怒人怨，国家也不像国家了。

神态描写

兴致勃勃：形容兴趣浓厚，情绪很高。

有一夜，桀兴致勃勃的，又在长夜宫中，开怀痛饮。不一会儿，忽然听见谷外风声呼呼，霎时飞沙走石，连这建筑得很坚固的长夜宫，也摇动起来了。

桀知道事情不妙，急忙搁下酒杯，扶着妹喜慌慌张张地冒险逃出谷外。幸亏，这些沙石是只向谷中飞投的，所以逃出了谷外，桀的性命总算保住了。

点评

描写了长夜宫消失的情景。

大风刮了一夜，沙石也飞了一夜。等到第二天早晨，有人走过谷外，那深谷已看不见了，长夜宫也不知去向了——原来一夜的飞沙走石，已经把深谷填平，长夜宫自然是埋没在深谷中了。

据说，这是上天恼怒他的无道，所以特地给了他一次惩戒。

我的笔记

知识拓展

当年越王勾践把西施献给吴王夫差时，伍子胥曾进言，说美丽的女子，像夏朝妹喜、商朝妲己、周朝褒姒，都是祸国殃民导致国家灭亡的祸水，于是竭力劝阻夫差。有关妹喜灭亡夏朝，有着两种说

法：一种认为她是商朝大臣伊尹派到夏桀身边的细作；另一种认为她是失宠后心生怨恨，故而报复夏桀，与伊尹里应外合灭了夏朝。世人往往把过错怪罪在所谓的祸国妖妃身上，不想如若那夏桀是一名贤明的君主，又如何会被妹喜迷惑，最后身死国灭呢?

延伸思考

关龙逢是个怎样的人？为什么自他之后，再也没有人敢劝谏桀了？

日积月累

暴虐无道　财穷力竭　俭朴　冷笑　妖言惑众

劝谏　彻夜　雕梁画栋　饮宴　一塌糊涂　冤屈

天怒人怨　兴致勃勃　飞沙走石　慌慌张张

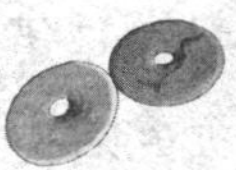

百姓们为什么敬重桎梏

?文前小问号

桎梏是什么？百姓们为什么很敬重它们呢？

商朝传到了盘庚，便把国号改为殷。这样经过二百四十多年，传到纣做皇帝，却又像夏朝的桀一般地暴虐无道起来了。

纣不但搜刮了民间的财物，供他一个人享用，并且还添置了种种残酷的刑具，威吓百姓们，不准他们说一句怨话。其中最厉害的，便要算是炮烙[1]之刑。这种刑具，是用金属做成的一根空心柱子。如果捉着了反对他的人，立刻就在柱中生起火来，使那柱子烧

点评

把商纣和夏桀联系起来，能想象得到商纣的下场将会如何。

正面描写

突出了商纣王的暴虐。

① 炮烙（páoluò）：中国古代酷刑。

得又红又热，然后将那人绑在柱上，活活地烤死。他又造了一千副桎梏[①]，凡是诸侯们不去谄媚他的，便捉来先打一顿，再加上桎梏，永远监禁，或是砍死。殷朝的诸侯，有称为三公的，就是西伯昌[②]、九侯和鄂侯。当时，纣不知道怎样一不高兴，便把九侯捉来杀了，竟将他斩成了肉酱。鄂侯眼瞧着这惨状，便竭力和纣争辩，责备纣不应该这样残酷。哪知纣却连带地痛恨鄂侯，也将他杀了，并且将他的尸身腌成了人干。

字词释义

谄媚：用卑贱的态度向人讨好。

点评

突出了商纣王的狠辣残忍。

西伯昌虽然不在面前，但是，他后来得到了这个消息，也不禁深深地叹了一口气。不料这叹声却被一个叫作崇侯虎的听见了，他便去告诉了纣。纣非常愤怒，立刻又把西伯昌捉了来，监禁在羑（yǒu）里这个地方。

西伯昌本是一个极仁厚的人，他一向敬老、慈幼，礼待贤者，而且能够和百姓们同甘苦，很得民心。所以百姓们知道他被监禁了，个个都有些愤愤不平起来。

字词释义

愤愤不平：非常生气，心中不服。

纣看见百姓们这样激昂，他便暗地里差了人去，把西伯昌的长子名叫伯邑考的捉了来，将他放在一只

① 桎梏（zhìgù）：脚镣和手铐。

② 西伯昌：西伯即西方诸侯之长。纣曾封周文王为西伯，昌是文王的名字。

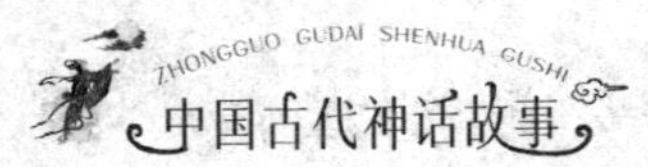

点评

西伯昌的无心之举，让商纣王留了他一命，没有加以迫害。

大锅子里，烧煮成羹，再叫人拿去给西伯昌吃。西伯昌不明白其中的秘密，竟毫不迟疑地吃了，于是，纣便宣言道："圣人是决计不会吃自己的儿子的，现在西伯昌吃了他儿子的肉，谁说他真是圣人呢？"

百姓们虽然不敢和纣计较，可是，从此同情西伯昌的人，却更加多了。

西伯昌在羑里监禁了七年，幸亏闳（hóng）夭、散宜生、南宫适（kuò）一班人献了些宝物给纣，总算被放了出来。

过了几年，西伯昌死了，他的儿子武王[①]，便起兵灭殷，做了天子，后追尊西伯昌为文王。

武王在纣的宫里，搜出那一千副桎梏，叫百姓们拿去丢在河里。百姓们受了命，却恭恭敬敬地拿着桎梏，走到河边，然后一齐跪下来致了敬礼，才很郑重地丢到水里去。

语言描写

揭示了百姓很敬重桎梏的原因。

武王看得很奇怪，便问他们是什么缘故。百姓们道："从前西伯昌的手足上，曾经加过这种刑具，我们因为思念西伯昌，所以连他戴过的桎梏，也很敬重呢！"

---

① 武王：中国周朝第一代王。姬姓，名发，周文王的儿子。文王长子伯邑考为商王纣杀害后，立发为太子。文王死后，太子发继位，将周都从丰迁到镐，即宗周（今陕西西安市长安区西北）。

这就可见百姓们对于西伯昌的爱，是何等的真挚、热烈啊！

知识拓展

散宜生他们救出西伯昌后，立刻把当年商纣王杀害伯邑考，还将其做成肉羹的实情告知了西伯昌。这位老人忍着悲痛赶紧逃离了羑里，出城不过十来里路，西伯昌胸中一闷，接连吐出了一团团红色的肉团，这些肉团化成了一群未睁眼的兔子。西伯昌想着爱子被害，不禁悲从中来，放声大哭，命人埋了那些兔子。据说人们在他吐出肉团的地方立了一座“吐子冢”，吐子谐音兔子，皆在纪念伯邑考。

延伸思考

百姓们是如何敬重桎梏的？原因是什么？

日积月累

残酷　刑具　威吓　炮烙之刑　谄媚　监禁

争辩　敬老　慈幼　愤愤不平　激昂　真挚

我的笔记

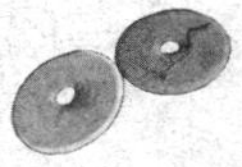

葛由骑木羊上绥山

?文前小问号

什么木头做的羊可以骑行，而且跑得飞快？这是谁的羊？究竟是怎么回事呢？

字词释义

招徕：招揽（顾客）。

玲珑：精巧细致。

周成王[①]初年，在一条街市上，忽然出现了一个怪人——他的名字叫作葛由，每天只是用了种种木块，很勤奋地在雕刻许多木羊。雕刻成功了，他便陈列在街上，叫喊着，以便招徕主顾们来购买。

人家因为他雕刻得玲珑精细，十分可爱，就有买了去当作玩具的，所以，他的生意倒也很过得去。

这样过了许多时光，有一天，大家正围着葛由，

① 周成王：姬诵，周武王的儿子。

要向他购买木羊。哪知葛由却向众人谢绝道："请你们原谅，今天我不做生意了。"众人都觉得奇怪，便问他道："那么，什么时候再做生意呢？"

葛由摇着头道："永远不做了，而且，永远要与你们分别了！"

说着，只见他随手拿起一只木羊，对着它的耳朵边说了几句话，那只小小的木羊，便渐渐地大起来、大起来，竟大到比真的山羊还要大了。

围着他的人都瞧得诧异极了。有的人便走上一步，打算向他问个明白。不料，那葛由却早已一脚跨上了羊背，向众人拱了拱手道："对不起，我们再会了！"

真奇怪，这时候那只木羊的四条腿，也居然飞也似的跑起来了，倏忽之间，便已到了蜀中。

蜀中的许多王侯贵人，知道了这一回事，便一齐跟在他后面，想把他追回来。大家这样不知不觉地，竟一直追到绥（suí）山顶上去了。

这座绥山，就在峨眉山的旁边，山顶是很高很高的，山上种的全是桃树。这班人跟着葛由跑了上去，却从此不见他们回来。

字词释义

谢绝：婉辞，拒绝。

点评

木羊竟然听得懂人话，而且会变大，会奔跑，真是神奇。

字词释义

诧异：觉得奇怪。

不知不觉：没有觉察到，没有意识到。

我的笔记

知识拓展

据说绥山上的桃树也是仙桃，因此有人曾说，得到绥山上的仙桃，哪怕不能成仙，也能成为英豪。绥山下也为葛由建了很多祠庙来祭祀他。

延伸思考

葛由的木羊为什么会受到大家的欢迎？

日积月累

陈列　招徕　主顾　玲珑　谢绝　原谅

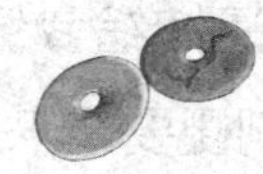

干将莫邪

文前小问号

你知道吗？很久以前，铸剑的剑工在铸造好宝剑后很容易遭受被迫害的命运。这篇故事中的干将莫邪就是铸剑名手，他们会有什么遭遇呢？

楚国有夫妻两人，夫名干将，妻名莫邪[①]，他俩都是铸剑的名手。

楚王听说他们有这样大的本领，很是妒恨，他便要想出法子来作弄他们了。

有一天，楚王使人去叫了干将来，对他说道：“我听说你们夫妻两人铸的剑，是天下闻名的，因此，我

字词释义

妒恨：嫉妒仇恨。

作弄：捉弄。

① 干将（gānjiāng）、莫邪（mòyé）：春秋时候吴国人，是一对夫妇。

很羡慕。现在，我想请你给我铸两柄剑，一柄要雌的，一柄要雄的，即刻便要拿来。倘若做得慢了，我便要杀死你的！”

干将回到家里，就开始忙着铸剑，哪知这剑却非常难铸，一直工作了三个年头，才把两柄剑铸成功。他自己知道，工作了这样长久，即使将两柄剑一同拿去，献给楚王，也一定没有好结果的。因此，他便决意拿一柄雌剑去见楚王，却把雄的一柄留下了。

这时，他的妻子莫邪，正怀着身孕，将要生产了。他临走的时候，对她嘱咐道：“当时楚王叫我铸一柄雌剑一柄雄剑，他要我立刻便拿去的。现在，我铸了三年才成功，楚王一定很恼怒了，倘若把剑拿去，他当然要杀死我的。现在，我已准备被杀，只把雌剑拿去，将雄剑留着。你若是生了儿子，等他长大了，你便将这事告诉他，并且和他说，对着我家门口的那座南山中，有一棵大松树生在大石上，那柄雄剑，就在这松树的背面。”说罢，他便别了莫邪，带了雌剑去见楚王。

楚王见了干将，便大怒道：“怎么你过了三年才把剑拿来呢？”于是，便叫人拿了剑来看，却只见一柄雌剑，并没有雄剑。因此，他更加愤怒了，说道：“我叫你铸两柄剑，你为什么只铸了一柄？我叫

字词释义

决意：拿定主意，决计。

生产：此处指生孩子。

点评

干将的推测果然没错。

你立刻拿来，你又挨了三年，这不是故意违背我的命令吗？”

楚王大怒之下，竟照着三年前的约言，将干将杀死了。

后来，莫邪果然生了一个儿子，取名赤比。等到他长大时，有一天，忽然问他的母亲道：“我自降生到现在，从来也没有看见过父亲，不晓得我的父亲在什么地方，请母亲告诉我，因为，我很想见一见父亲呢！”

莫邪被赤比一问，想起了干将，不觉流下泪来道：“你的父亲因为给楚王铸雌雄两柄剑，铸了三年才铸成，他知道楚王必定要杀他了，所以只将雌剑拿了去，却将雄剑留了下来。谁知他到了楚王那里，果然立刻被杀了。这时，正是你降生的那一年。他临走时，叫我将来告诉你：对着家门口的那座南山中，有一棵大松树生在大石上，那柄雄剑，就在这松树的背面——大约他是希望你去将它取出来呢！”

赤比听了母亲的话，非常悲愤，立刻跑到门外去望了一回，但是，哪里有什么山的影子，他一时很觉失望。后来回到屋里，偶然看见朝南有根松木的柱子，恰好装在一个石础上面，他便大悟道：“原来父亲的话，是一种隐语啊！”

点评

干将很了解楚王的为人，果然验证了自己身死的结局。

点评

因莫邪生下的孩子，眉梢之间看起来有一尺，故取名尺比，将近一尺的意思，外号叫眉间尺。后来也有人叫他赤比。

字词释义

石础：石墩子。

他拿了一柄斧头，将柱子破了开来，在柱子的背面，果然得到了那柄雄剑。他拿了这柄剑，想着父亲的惨死，痛恨楚王到了极点。他便日夜地考虑，打算向楚王去报仇。

同时，有一夜，楚王做了一个梦，梦见一个双眉分离得很开的孩子，怒目向着他，厉声地对他说道："你杀了我的父亲，现在，我要向你报仇了。"楚王惊醒之后，便叫了一个画师来，将梦中那孩子的面相告诉了他，叫他照着描画出来。画好了，楚王便叫人去把这肖像贴在热闹地方，悬着千金的赏，购买这孩子的头。

点评

赤比的特点这么明显，一旦被通缉，是很难接近楚王的。

赤比听到了这个消息，急忙逃开了去。他逃到了一个深山里，一面走着，一面唱着很悲哀的歌曲。

山里有一个人，恰巧碰见了他，便问他道："你小小的年纪，为什么这样悲伤呢？"

赤比道："我的父亲名叫干将，我的母亲名叫莫邪。楚王将我的父亲杀死了，我想要报仇呀！"

那人道："我听见楚王正出了千金的赏赐，在买你的头呢！你把你的头和那柄剑交给我，我便给你去报仇！"

赤比道："感激得很！"说罢，便拿起剑来，将自己的头割下了，他举起了双手，捧了头和剑，交给

点评

根据其他书籍记载，那人身穿黑衣，也是被楚王迫害得家破人亡，故而赤比很信任他。

了那人以后，他的尸身，却还是硬挺挺地矗立着。

那人看到这种情形，便对着他的尸身道："请你放心，我是不会辜负你的！"于是，他的尸身才倒了下去。

那人拿了头，藏着剑去见楚王，说道："听说大王悬了赏，购买赤比的头，现在我已经取到了，特来献给大王！"

楚王将头细细地查看了一下，果然和梦中那个孩子的相貌是一模一样的，便很欢喜地立刻赏了他一千金。

那人又对楚王说道："这个是勇士的头，留着也许有祸祟，应当放在大锅子里去煮烂它才是。"

楚王依了他的话，叫人拿了去煮。哪知，一直煮了三日三夜，那头还是好好的，一点儿也没腐烂，而且常常从水里钻出来，怒目疾视着。

那人又去向楚王说道："这孩子的头，煮了三日三夜，仍旧煮不烂，大王何不亲自去瞧瞧呢？"楚王听了他的话，真的便亲自去查看。不料楚王的头刚伸到锅子上时，那人便拿起剑来将它割下，立刻滚到锅子里去了。那人也便将自己的头割向锅子里。于是三个头便一同煮烂，再也分辨不出哪一部分是属于谁的了。

后来，人们将这肉汤分成三处埋葬了，就称它为

语言描写

以悬赏入宫不过是黑衣人接近楚王的借口，并非真的背叛了对赤比的誓言。

字词释义

祸祟：鬼神带给人的灾祸。

点评

总结并交代了三王墓的由来。

我的笔记

三王墓。这个墓，据说是在汝南[1]宜春县。

知识拓展

也有一种说法认为，干将莫邪是为吴王阖闾铸剑。只是铸造多日铁汁都无法销熔，后来的传说便又有了三个版本：其一是莫邪将头发和指甲投入炉火，剑才得以铸成；其二是莫邪以身殉炉，以精魂铸造成宝剑；其三和本篇故事差不多，只不过没有赤比为父报仇的情节。无论吴王、楚王，爱好宝剑是他们的共同点：阖闾曾拥有三把名剑——鱼肠、磐郢、湛卢；楚王也拥有三把名剑——龙泉、太阿、工布。

延伸思考

赤比和黑衣人宁愿放弃自己的生命，也要和楚王同归于尽，你如何看待这一点呢？

日积月累

妒恨　作弄　铸剑　降生　腐烂　怒目疾视

① 汝南：现今河南、安徽地区。

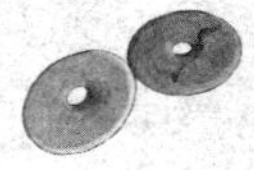

七夕的故事

文前小问号

自古描写七夕的诗句很多，流传下来的也很广。七夕故事中的两位主人公，何以令文人墨客如此钟爱呢？

每年夏秋之交，在天气清明的晚上，我们如果抬起头来，向天上望一望，常常可以看见，有一条灰白色的像带子一般的东西，横在半空。据传说，这是天上的一条河流，名字叫作天河。

比喻 形象生动地写出了天河的样子。

天河的西面，有一颗星，名字叫作牵牛；天河的东面，也有一颗星，名字叫作织女。它们隔着一条河流，面对面地永远这样站着，你们知道是什么缘故吗？

并提 交代了牵牛星与织女星的位置。

原来自天地开辟以后，天上就有一个天帝[1]管理一切。这个织女，就是那天帝的女儿。

织女生来非常聪明，手脚又十分勤快。她每天住在河东的天帝宫里，没有事做，便专心学习纺织的事情。不久，她居然发明了一种锦，织出来五颜六色的，很是美丽。自此以后，她便格外地勉力了，一天到晚，只是忙着织锦，从来也没有浪费一刻光阴的。

字词释义

惬意：满意，称心，舒服。

自然，天帝对于这个勤劳的女儿，是十分惬意的。

这时，河西住着一个牵牛郎。天帝每天看见他牵着一头牛，一刻不停地在田里工作，也很赞美他的勤劳，因此，便把织女许配给了牵牛郎。

对比

与前面织女的勉力和牛郎的勤劳形成了鲜明的对比，也为后续二人被天帝拆散做了铺垫。

哪知，织女和牵牛郎结婚以后，他俩的性情却大大地改变：一年到头，织女既不再织出一匹锦来；牵牛郎也从不知道到田里去望一望。两人整日地只是贪着游戏，委实变成一对懒人了。

渐渐地，这消息竟传到了天帝的耳朵里，天帝不觉大怒，于是立刻便把织女叫了回来，不准再到河对面去和牵牛郎一块儿住——并且，定了一条规则，只准他们在每年七月七日那天晚上可以会面一次。

天帝定了这条规则，在他自己想起来，总算是已

① 天帝：中国神话人物。

经万分宽恕的了。但是，按到实际，却仍旧和永远不准见面没有什么分别。因为，他们住着的地方，隔开了这么辽阔的一条天河，那河上既没有桥梁，河里又没有船只，试问，他们还有什么方法，可以走过来相会呢？

所以，这一年虽然已经挨到了七月七日那天晚上，可是，织女和牵牛郎，一个站在河东，一个站在河西，依旧像平日一般地互相遥望着，依旧不能谈一句话。

站了好一会儿，他们觉得实在没有会面的希望了。不知怎的一阵心酸，两人便同时放声大哭起来。

这哭声，却惊动了天河边宿着的一群乌鹊。它们眼瞧着这种情形，很是可怜，因此，它们便张开了双翼，一只一只地接续着，飞去停在那河面上，立刻造成了一条鹊桥。

织女踏在这些乌鹊的背上，一步一步地走去，居然渡过了河，和那久别的牵牛郎相见，而且诉说了许多别离后的衷曲。直等到天快亮了，织女仍旧从那鹊桥上渡过河东，那些乌鹊才散了开去。

一直到现在，每年在七月七日那天晚上，我们如果细细地考察起来，全世界的乌鹊，一定要比平日少些，因为，它们都到天河上架桥去了啊！

点评

“很是可怜”照应上文中提到的牛郎织女无法相见的凄惨状况。

正面描写

写出了鹊桥是如何形成的。

字词释义

衷曲：衷情，心事。

所以每年农历七月七日那天晚上，人们也就特地替它起了个名字，叫作“七夕”。

我的笔记

知识拓展

有关七夕的故事也有另一个版本。话说牛郎织女夫妻二人成婚后幸福美满，但天上的王母娘娘震怒，将织女押解回了天上，自此二人分离。后来，家中的老牛临终前交代牛郎，扒下自己的皮披在身上，就可以飞到天上，于是牛郎披上牛皮，用箩筐挑了一双儿女，带了一个水瓢来到了银河边。谁知天上突然伸下一只大手，拿着簪子一划，就将清浅的银河变得波涛滚滚，即使父子三人拿水瓢也无法舀干。最后，王母到底有所松动，便允许这夫妻二人每年在七夕这一天相见一次。天上那牵牛星周围并列的两颗小星星，便是他的一双儿女。

我的收获

懒惰会毁掉一个人本已得到或即将得到的幸福。

日积月累

勤快　惬意　勉力　性情　宽恕　辽阔　衷曲

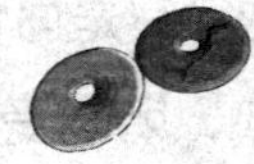

受冤的孝妇

?文前小问号

有一个孝顺的媳妇，宁愿自己吃苦受累，也要让婆婆过得舒适，且从来不抱怨自己的辛苦。这样的人，可能会杀害自己的婆婆吗？如若不然，她为什么会被冤枉呢？

汉朝时候，东海[①]有一个孝妇，姓周名青，家里很贫苦。她的婆婆，年纪已经很老，一点事儿也不能做了，只靠着媳妇赚了钱来养活她。媳妇虽然很辛苦地在赚着钱，但服侍起她的婆婆却还是十分周到，使婆婆过得很舒适。自然，因此她自己便心力交瘁（cuì）了。

字词释义

服侍：伺候，照料。

心力交瘁：心思和体力都极度劳累。

---

① 东海：现今山东省东南、江苏省东北地区。

婆婆看了这种情形，很是可怜她，对她说道："你因为要养活我，伺候我，所以受到这种痛苦，叫我怎么忍心呢？唉，我是已经老了，活着也没用了，何必再来拖累你们年轻人呢？"

点评

周青的强颜欢笑，更凸显了她的孝心。

媳妇听了婆婆的话，心里很觉悲伤，但仍装着笑容，宽慰了婆婆一番。她以为婆婆听了她宽慰的话，自会安心，便自管工作去了。哪知婆婆却已抱了自杀的决心，就在这天，背着人上吊死了。

字词释义

诬告：捏造事实，伪造证据，陷害他人。

婆婆的女儿得到这个消息，便到太守[①]那里去诬（wū）告道："我的母亲，被嫂嫂谋杀了！"

太守听了那女儿片面的话，很是愤怒，把媳妇捉了来，用了残酷的刑罚，狠毒地拷打她。媳妇受不住苦痛，把女儿诬告她的事都承认了。于是，太守定了她一个死罪。

点评

如果一件事情很反常，那么很有可能是哪里错了。

狱吏于公却是很清明的，他看到了狱词大抱不平，到太守那里去代她申诉道："这个妇人，她赚钱养活婆婆，已经有了十几年了，远近的人，都称她是孝妇，照这样看起来，怎会杀死婆婆呢？狱词上所定的死罪，一定是冤枉的，还要请你再调查一下才是！"

但是，太守却很固执，不肯相信于公的话，虽经

① 太守：汉朝时期的官名。

于公竭力地争辩，还是一点没有效验。于公临走的时候，知道孝妇的冤枉没有洗白的希望了，很是伤心，不觉抱着狱词哭出声来。

当孝妇周青行刑的时候，她叫人用车子载了一根十丈长的竹竿矗在刑场上，竹竿上挂了五面旗子。她当着围看热闹的众人立了一个誓道：“周青若是谋杀了婆婆，应当得到死罪，那么愿意将头杀下伏罪，并且，把我的血泼在竹竿上，必定顺着竹竿向下流的；周青若是没有谋杀婆婆，不应得死罪的话，那么把我的血泼在竹竿上，必定向上流的。”

她立罢誓言，便到了用刑的时候。她的头被砍下后，大家看见她的血并不是鲜红的，却是青黄色的。有人把她的血泼在那根十丈长的竹竿上：奇怪，这青黄色的血，立刻向着竹竿尖倒流了上去，过了一会儿，才慢慢地流了下来。于是，孝妇周青的冤枉才大白。可是，她已经枉死了。

这时，那个太守恰巧要离任，换了一个新太守来。

于公便将这件冤枉的案件，去对新太守说了。

新太守很相信于公的话，立刻便亲自到孝妇坟上去祭奠，并且旌表[①]了她的坟墓。

字词释义

效验：成效，效果。

语言描写

听上去不可能实现的誓愿，凸显了周青的冤屈。

侧面描写

“青黄色的血”揭示了周青的冤屈。

---

① 旌（jīng）表：即表彰。多指古时官府为忠孝节义的人立牌坊赐匾额。

我的笔记

知识拓展

东海孝妇周青的故事对后世的影响很大，关汉卿的《窦娥冤》就采用周青在刑场上发出誓愿的情节，用看似不可能实现的三桩誓愿，昭示了窦娥的冤屈。

我的收获

如果第一任太守能够查明真相再下结论，周青可能就不用枉死了。

日积月累

服侍　心力交瘁　宽慰　诬告　拷打

承认　申诉　赚钱　冤枉　固执　效验

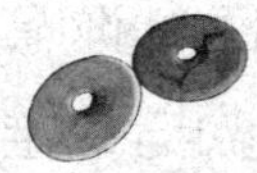

泰山府君

文前小问号

泰山府君为什么一开始不同意免除胡母班父亲的苦役？胡母班的儿子们为什么接二连三地死去？二者有什么联系吗？

泰山脚下有一个姓胡名母班的人，有一次他到长安去，打从泰山旁边经过，忽然在树林里，遇见了一个穿绛色衣服的驺卒[①]的。那驺卒一见了胡母班，便大声地说道："泰山府君[②]请你呢！"

胡母班被他叫住了，十分惊诧，立着一句话都说不出来。过了一会儿，又来了一个驺卒，和前个一样

字词释义

绛色：深红色。

正面描写

形象地把胡母班惊诧不已的样子展现了出来。

① 驺（zōu）卒：泛指一般仆役。

② 泰山府君：中国民间宗教信仰之一，主管阴司的神仙。

地向他说道："泰山府君请你呢！"胡母班经他一催促，便不自知地跟着他走了。走了几十步之后，那驺卒又对他说道："现在请你将眼睛暂时闭一下，一会儿就要到了。到时我自会告诉你的，否则，你千万不要睁开眼睛来！"

点评

"不自知"说明胡母班仍未回过神来。

胡母班依了他的话，将眼睛闭着，只觉两脚已离了地，仿佛在空中飞腾一般，过了一会儿果然便听见那驺卒说道："到了。"他一睁开眼睛来，只见面前排列着许多高大庄严的宫室，直使他看得惊疑不止。

那驺卒便带他进了宫，拜见了泰山府君，府君十分优待他，而且特地为他设备了一桌很丰盛的酒席，府君亲自陪着他喝酒。席间，府君对他说道："我请你来没有别的用意，不过，要请你带封信给我的女婿罢了！"

字词释义

优待：给以好的待遇。

殷勤：热情而周到。

款待：亲切优厚地招待。

胡母班受了府君殷勤的款待，知道是不会有什么恶意的，便很从容地问道："请问令婿在什么地方呢？"

府君道："我的女儿是嫁给河伯的。"

胡母班道："您叫我带信去，不晓得应该怎样送法？"

府君笑答道："你此去经过河的中流时，只要敲着船边，叫几声'青衣'，便会有人来拿的！"

胡母班喝完了酒，辞别了出来。刚才引导他的那个驺卒，仍旧叫他将眼睛闭着，不久，便到了先前来的那地方。后来他坐了船，放到河的中流，照着府君的话，将船边敲了几下，喊了几声“青衣”，果然立刻有一个婢女从河里走出来，拿了信去，便不见了。

> **字词释义**
> 婢女：旧时有钱人家雇用的年轻女仆。

过一会儿，婢女又出来了，对胡母班道：“河伯要请你去见一见！”

胡母班点着头答应了她。婢女也请他闭起眼来。即刻便到了河伯府里，河伯也大设酒筵请他，也是非常地殷勤。

胡母班回去的时候，河伯对他说道：“劳你老远地给我带信来，我是很感激的。现在，我打算送一件东西报答你！”说着，叫身边的人去拿了他自己穿的青丝履来，交给胡母班道：“这双青丝履请你收下，留一个纪念吧！”

> **字词释义**
> 酒筵：酒席。
> 履：鞋。

胡母班回来的时候，闭着眼睛，不知怎样便回到了船里。后来他便到了长安，住了一年多。他回去的时候，经过泰山的旁边，便敲着树说道：“胡母班从长安回来了，要来报告消息。”

前次那个驺卒立刻又出来引导他，嘱咐他照着老法闭起眼睛，不久，便到了泰山府君的宫里。他便将河伯的回信，交给了府君。

府君接到信，很客气地对他说道："多多地烦劳了你，容我以后图报吧！"胡母班谦逊了一会儿，因为这时忽然觉得肚子有些疼，便往厕所里走去，哪知刚走进了门，就看见他已死的父亲，上着刑具，跟着和他同样的几百个人，一起在做苦工。他看了很觉伤心，急忙走过去，跪着哭起来道："父亲，你为什么会弄成这样的呢？"

点评

胡母班见到父亲受苦便很伤心，这是人之常情。

他的父亲道："我死之后，不幸被派做三年苦役，现在已经做了两年了，困苦得真是难以形容啊！我晓得你已被府君所赏识了，你可以给我去求求府君，请他免去我这苦役，赐我做一个家乡的社公[①]吧！"

胡母班照了父亲的旨意，去请求府君。府君道："活人和死人是处于两个境地，不可互相接近的，你父亲的苦役，你也不用去怜惜他。"后来经不得胡母班苦苦地哀恳，才允许了他的请求。

字词释义

赏识：认识到别人的才能或作品等的价值而给予重视或赞扬。

旨意：意旨；意图。

胡母班辞谢过府君，回到家里，过了一年多，不知怎地，他的儿子们都生起病来了，虽然尽心地医治着、看护着，终于是一点儿效验也没有，儿子们便这样接连地全死了。他急得什么似的，他没有别的办法了，无可奈何，只得跑到泰山旁边去，敲着树，要求府君救护。

① 社公：即土地爷。

他敲了几下树，那驺卒又走了出来，领着他去见府君。他对府君说道："自从我回家之后，不知道为什么，儿子们都相继死了。我怕将来还有别的祸患发生，所以急忙来告诉您，要请您可怜我，救救我才是！"

府君很惋惜地道："从前你请求我，免去你父亲的苦役，起初我不答应，就是怕你和你父亲接近了，要得到这样的灾祸呀！"说罢，便派人去叫胡母班的父亲来问话。

不久，胡母班的父亲走了进来。府君见了他，很生气地说道："从前你叫你儿子来请求我，罢免你的苦役，回家乡去做社公，我本不愿允许你的，因为你儿子的孝心所感，便都答应了你。我想你回去之后，总应当替你儿子造些幸福了，现在，反而将孙子们都克死了，这是什么道理呢？"

胡母班的父亲被府君责问了，颤抖着答道："蒙您的恩典，我回到久别了的故乡，心里非常开心。又得着佳肴美酒的供养，每天饱食醉酒很觉适意。因此，更加思念着孙儿们，便统统叫了他们来，和我一块住着，以便时时刻刻可以和他们会面。"

府君听了这话，又狠狠地责罚了他一番。

父亲知道了自己的过错，大为伤心，流着泪退了

字词释义

祸患：灾祸，祸害。

惋惜：对人的不幸遭遇和事物不如人意的变化表示同情、可惜。

语言描写

从胡父的口中得知了胡母班儿子们接连死去的原因。

字词释义

灾殃：灾难，祸殃。

我的笔记

出去。

后来胡母班也便回去了。从此之后，他所生下来的儿子，便都没有一点儿灾殃了。

知识拓展

泰山府君是民间信仰的神，为泰山之神、地府之主。东汉时期，民间就有人死之后魂归泰山的说法，传说泰山府君五百年一换，由正直的人来担任。

日积月累

绛色　催促　暂时　飞腾　庄严　优待　殷勤

款待　苦役　赏识　旨意　境地　惋惜　责问

细　腰

文前小问号

看到细腰这个词时，映入你脑海中的可能是“楚王好细腰，宫中多饿死”这两句诗，然而本篇故事却与此毫无关系。细腰是一个人还是什么神秘暗号?

张奋家里本来是很富的，后来他年纪大了，家里忽然衰败起来，便将他自己住着的一间大屋子，卖给了程应。

程应买了房子，非常高兴，立刻把全家的人都搬了进去。哪知他们一搬到这屋子里，不久大家都生起病来了。程应大惊道：“这屋子里一定有妖物作祟(suì)，这是一间不吉利的屋子，所以一住进来，都

字词释义

衰败：衰落，衰弱。

语言描写

为后续发现房屋中有怪做了铺垫。

会生病的。”

于是，程应便把这屋子去转卖给何文。

何文却不信妖物，他说：“倘若真是妖物，我也要想法子去镇服它的！”

可是，他家里的人却不敢去住。他只好一个人先搬了进去，等到太阳已经完全西沉了，他便拿了一把大刀，跑到北堂中，躲在梁上去等待着。一直等到三更时候，果然看见一个身体有一丈多长的人，戴着高大的帽子，穿着金黄的衣服，走进堂中来，高声地叫道：“细腰！细腰！”

点评

这个细腰到底是谁呢？故事充满悬念。

立刻便有一个细长的人答应道：“喏（rě）、喏、喏！”

穿黄衣服的人问道：“这屋子里为什么有生人呢？”

细腰答道：“没有呀！”

反复

为后续何文抓住规律，机智应对埋下了伏笔。

穿黄衣服的人听了，也不说什么，便自去了。

一会儿，又来了一个戴着高大帽子，穿着青衣服的人，叫了细腰来同样地问道：“怎么有生人呢？”

细腰仍答道：“没有呀！”

穿青衣的人走后，又跑来了一个戴高帽穿白衣的人，他一走进来，也喊着细腰问道：“怎么满屋子的生人气呢？”

细腰还是回说："没有呀！"

等到天快要亮的时候，何文便从梁上走了下来，学着他们的样子，在堂中高叫道："细腰！细腰！"

细腰果然立刻就来了。他不知道何文是人，还以为是他同类呢！何文便问细腰道："穿黄衣的是谁？"

细腰道："他叫作金，住在堂西面的墙壁下。"

何文又问道："穿青衣的呢？"

细腰道："他叫作钱，住在堂前，离井边五步的地方。"

何文暗自忖度了一下，便又问他道："穿白衣的呢？"

细腰道："他叫作银，住在墙东北角的一根柱子下。"

何文便又和颜悦色地向细腰道："那么你是谁呢？"

细腰极谦恭地道："我名杵（chǔ），现在就住在厨房里！"

细腰见何文不再问什么了，他便回厨房去了。第二天早上，何文照了细腰所说的地点，先到堂西墙壁下去掘，果然得着五百斤金子；在墙东北角的一根柱子下，又掘着了五百斤银子；在堂前井边五步的地方，掘着了千万贯铜钱。他又到厨房里去找着了一根

正面描写

展现了何文的机智。

字词释义

忖度（cǔnduó）：推测；揣度。

和颜悦色：形容和善可亲。

点评

这段描述照应上文，何文从不同地点挖出了金银钱财。

杵，将它烧毁了。从此，他便变成一个大富翁。他全家的人，后来也搬进了这屋子，他们都很平安地住着。

我的笔记

佳句欣赏

第二天早上，何文照了细腰所说的地点，先到堂西墙壁下去掘，果然得着五百斤金子；在墙东北角的一根柱子下，又掘着了五百斤银子；在堂前井边五步的地方，掘着了千万贯铜钱。他又到厨房里去找着了一根杵，将它烧毁了。

我的收获

正是因为何文胆大心细，才能最终解决问题，和家人平安地住进房子里。

日积月累

衰败　吉利　镇服　和颜悦色　平安

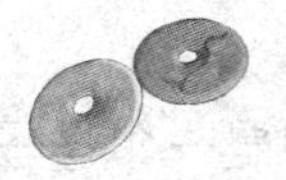

卖身葬父

文前小问号

在这篇故事中，我们会认识一个孝子，不同于东海孝妇周青，这个小伙子遇到了真心实意帮助他的好人，而他也是一个知恩图报之人。他遇到了谁？发生了什么呢？

汉朝时候有一个董永，是千乘（shèng）地方的人，小时候就死了母亲，家里只有一个父亲。他的父亲是种田的，他驾着鹿车，跟着父亲种田，非常地勤恳。

可是，他家里却很贫穷。后来，他的父亲死了，连丧葬的费用也没法筹措。他急得无法可想，只得将自己的身体去卖给人家做奴隶，拿了卖身钱来给父亲

字词释义

鹿车：窄小的车子。

筹措：想办法筹集。

料理后事。

他的主人知道他是一个孝子，很嘉许他的行为，给了他一万钱，叫他仍旧回到自己家里去，永远不要他来当奴隶。当时，他感激得什么似的，便拜谢了主人，带了一万钱，回家料理父亲的后事去了。

过了三年，等到董永守满了父亲的丧，他便打算回到主人家里去，尽做奴隶的义务。哪知他走到半路上，便遇见了一个妇人。那妇人很亲昵地对他道："我愿意做你的妻子，你能允许吗？"

董永看那妇人十分温柔可爱，立刻就答应了她的要求。他们俩便一同往主人家里去。主人见他们来，惊讶地问董永道："我因为你的孝行可嘉，所以拿钱送给你，已叫你自由地回家去过活，以后不必来当奴隶了，现在你为什么还要来呢？"

董永道："蒙您给我一万钱，使我可以料理父亲的丧事，我受了您的恩惠，永世不会忘记了。但是，我虽然是小人，平白地受你的钱，却不愿意，必定要替你做点儿事，报答你的恩惠的。"

主人道："你的妻子能做什么呢？"

董永道："她能够织绸。"

主人欢喜道："你还是回去吧！倘若一定要给我做一点儿事的话，那么，只要叫你妻子，给我织一百

字词释义

嘉许：称赞，赞许。

点评

董永不仅有孝心，而且是个忠义之人。

字词释义

亲昵：亲密，亲近。

平白：凭空，无缘无故。

匹绸就是了！”

于是，董永便留着他的妻子，在主人家里织绸。

过了十天，董永又到主人家里去看他的妻子，哪知他的妻子刚好已经把一百匹绸完全织好了。主人看她织得又快又好，很是惊奇。董永要接她回到家里去，便告辞了主人，一同走出门去。

他们刚走到大门口，那妇人对董永道：“我是不能跟你到家里去的，也不能真做你的妻子的。其实我是天上的织女，因为天帝嘉许你的孝道，可怜你的贫穷，所以叫我来帮助你偿清债务，使你可以得到自由的身体。现在你回去好好地过活吧！”

她说罢，身体便渐渐上升，驾着云去了。

董永立着看得呆了，他又是感激，又是失望，不觉落下了几滴泪来。

语言描写

交代了前因，董永的孝道打动了天帝。

点评

表达了董永复杂的心情。他既感恩上天垂怜，又因为织女的离开而难过。

我的笔记

知识拓展

在另一个版本的故事中，七仙女是主动来找董永的。原来，她是天上的织女，因为忍受不了天上的寂寞，就偷偷来到凡间，在路上遇到了那个卖身葬父的董永，被他的一片孝心打动而爱上了他，就托土地主婚，让老槐树做媒，和他结为夫妻。

延伸思考

为什么天帝会派仙女下凡来帮助董永呢?

日积月累

勤恳　丧葬　筹措　奴隶　料理　嘉许

拜谢　亲昵　孝行可嘉　偿清债务

蝼蛄救命

文前小问号

历史上有关报恩的故事有很多，在这篇故事中，是一只小虫子救了人的性命。那么，文中的蝼蛄，为什么要救主人公的性命呢？

从前，有一个庐陵太守，姓庞名企，是太原地方的人。他常常喜欢对人家说一个关于他祖先的故事。

他说："我有一个远祖，但是，已经记不起是哪一代了。这位远祖做人本是很有德行的，后来因为被他人所牵累，便被官厅捉了去，其实在他是一点儿罪过也没有的。因为受不住官厅拷打，只得把官厅要他招认的罪名，统统招认了出来。于是，他便被关在监狱里了。"

字词释义

牵　累（lěi）：因牵制而受累。

语言描写

用回忆的方式，借后人之口展开故事，交代了主人公被监禁的原因。

“他离开了家人朋友，很凄苦地待在监狱里，等候着死神的来临，心里非常悲伤。有时向四周望望，只看见一个小小的蝼蛄[①]常在他的身旁爬着，好像是依依不舍地在安慰他的忧虑。他因此很感叹地道：蝼蛄，蝼蛄，你这样地依恋着我，莫非是知道了我的心事吧？唉！倘若你有神灵，能够想法来救我，那就好了！

字词释义

依依不舍：十分留恋，不忍分离。

“他说完了，就将他吃剩下来的饭，给了它些。蝼蛄把饭吃完了，便爬去了。过了一会儿，蝼蛄又来了，并且和刚才一样地在他的身旁爬着。不过，看看它的身体，却比去时已长大了许多。他觉得很奇怪。后来他每在吃饭时，总把饭喂给蝼蛄一些，蝼蛄便一天天长大，几十天之后，直大得像猪一般了。

点评

蝼蛄竟然变得像猪一般大，真是神奇。

“到了他将要被处死刑的前一天晚上，那只大蝼蛄，忽然很努力地向墙脚边掘着。还没有到天亮时，已经掘成了一个大洞。他得到了这个机会，便趁着管监狱的人睡熟的当儿，从这个洞里爬了出去，潜逃了。

“自从他逃出监狱之后，又过了好一晌，他的冤枉居然被昭雪了，官厅里也便放了他的罪，不再去杀他了。

字词释义

潜逃：偷偷地逃跑。

昭雪：洗清冤屈。

① 蝼蛄（lóugū）：直翅目蝼蛄科昆虫的统称。害虫。可危害多种作物。

“他每次记起那蝼蛄使他逃过刑期，救了他的性命，自然十分地感激。后来他的子孙也都感激那蝼蛄，每逢过节的时候，总特地备了丰盛的酒菜，到热闹的街上去祭它。这个祭祀，传了几世之后，才有些懈怠下来，我们才不专程去祭祀它，只在祭祀我们的祖先时，附带着祭一祭它罢了。以后便一直这样地流传了下来。”

字词释义

懈怠：松懈，懒惰。

我的笔记

知识拓展

在《史记》中，也有一个“一饭之恩”的故事。主人公是帮汉高祖打天下的大将韩信。韩信在未得志时，生活很困苦，只能常常去城下钓鱼碰碰运气解决温饱。那时候，河里有很多来浆洗的大娘，其中一个很同情韩信，看见他很饥饿，就给了他一些饭食，就这样陆续接济了不少日子。后来，韩信被封了楚王，以千金酬谢当初大娘对自己的帮助。

我的收获

做人要始终怀有一颗感恩的心。

日积月累

牵累　依恋　昭雪　懈怠　祭祀

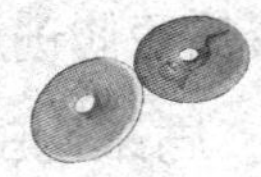

种　玉

文前小问号

撒下一粒种子，收获一份希望。什么？玉也可以播撒？这玉结出果实来了吗？又给播种它的人带来了哪些福报呢？

雒（luò）阳县有一个杨公，本来是经商的。他对他的父母很是孝顺，父母死了，葬在无终山上。他因为不忍离开父母，便把家也搬往无终山上住下了。

这座山，从山脚到山顶，约有八十里，山上是没有地方可以取水的，所以上山的人要喝水，必须到山下去汲，大家都觉得非常不便。杨公看到了这种情形，很想设法解除他们的困苦。于是，每天他便到山下去汲了许多水上来，煮了茶放在山坡上，给过路的

字词释义

汲（jí）：从下往上打水。

正面描写

展现了杨公的善良与乐于助人。

人喝，使过路的人都能享受利益。

过了三年，有一个到他那里去喝茶的行人拿了一斗石子儿送给他，对他说道："你拿这石子儿去种在山顶平坦而有石子儿的地方，这石子里面，将来会生出玉来的。"

这时候，恰巧杨公还没有娶妻，那人便又对也说道："将来，你还会娶一位贤德的夫人哩。"说罢，那人便不知去向了。

杨公知道那人必定有些来历，便把石头照着他的话种了起来。过了几年，他跑到那地方去看，果然看见有许多宝玉生在石子儿堆里，但是，除他以外，却没有一个人知道。

有一家姓徐的人家，是右北平地方的望族，有一个女儿，非常贤淑，求婚的人虽然很多，却是一个也没有选中。杨公听到了这个消息，也跑到徐家去求婚。

徐家看了他这副鄙陋的模样，觉得他这种请求太不自量了，大家以为他是害了神经病的。因此，和他开玩笑道："你若是能够拿一对白璧来做聘礼，便允许你婚配。"

杨公是正直的人，听了他们的话，信以为真，跑到自己种玉的田里，去找白璧，果然给他找着了五

字词释义

贤德：善良的德行；贤惠。

字词释义

鄙陋：见识浅薄。

聘（pìn）礼：指订婚后男方送给女方的礼物。

信以为真：把假话当真。

对。他便拿了来，送到徐家去做聘礼。

徐家看了这五对晶莹纯洁的白璧，很是惊奇，知道他不是一个普通的人。而且，有言在先，不能反悔，便将女儿许配给了他。于是，杨公便得到了一位贤德的夫人。

杨公因为德行高超，得到异人的救助，这事被一传十、十传百地颂扬了开去，渐渐地传给皇帝知道了。皇帝知道杨公是贤人，便拜他为大夫。

后来杨公在种玉的地方的四角，建起了一根一丈长的大石柱，中央一顷大的地方，取名为玉田。

字词释义

有言在先：已有话说在了前头。

点评

与之前仙人的预言前后呼应。

知识拓展

在传统戏曲剧目中，有一则《柳毅传书》，讲述了一个救人危难，最后收获美好爱情的书生的故事。柳毅是一个赴京赶考的读书人，在路上遇到一女子在冰天雪地下牧羊，得知女子乃是洞庭湖龙宫三公主，被婆家欺凌。于是，义愤填膺的柳毅放弃了科举的机会，替龙女回洞庭报信，最后顺利救得龙女，并与之结为秦晋之好。

我的笔记

我的收获

1. 不可以貌取人。

2. 在别人遇到困难时，要力所能及地帮助别人。

日积月累

解除　享受　利益　贤德　贤淑　鄙陋

聘礼　婚配　信以为真　有言在先　颂扬

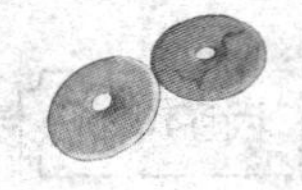

奇女子斩妖蛇

有句戏词唱得好:“谁说女子不如男?”在本篇故事中,我们就能认识一个体恤双亲,同时又有胆有识的少女。她究竟有怎样的胆识呢?她周围的其他人又是怎样看待她的?

层递

交代了蛇窟的具体位置和大蛇的特点。

东越[1]国的闽中有一座庸岭,有几十丈高,在岭的西北低下的地方,有一个大蛇窟。这个蛇窟里,有一条很大很大的蛇,它的身体有七八丈长,十多围粗。

这条蛇,不但身体粗长,而且常常要作祟,伤害

① 东越:又称东瓯。现今浙江南部、福建北部一带。

人类，所以，这地方的人都很怕它。东冶[①]的都尉[②]和属城的令长[③]，也被它害死了许多。必定要时常拿着牛羊去祭它，才能使它稍稍安静些，这真是一个惊人的祸害啊！

过了些时，这条大蛇益发闹得凶了。它竟托梦给人，下谕给巫祝[④]，对他们说道："牛羊我已吃厌，现在想吃十二三岁的女孩子了，快点儿给我去办来否则，这地方的人不要再想活了！"

点评

大蛇已不满足于吃牛羊，竟然要吃人。

都尉和令长得到了这个消息，都很惊恐而忧愁。但是，他们又哪里敢违背大蛇的命令呢？他们只得到婢仆们和有罪的人家去买了女孩子来养着，到了八月里，便将那女孩子送到蛇窟口去祭这条大蛇。

从此以后，便援以为例，一共牺牲了九个女孩子。

这时，又碰着要招募第十个女孩子做牺牲的时候了，但是，谁也不肯把自己的女儿去卖给蛇吃，这使都尉和令长多么焦急啊！

字词释义

下谕：下命令。

援以为例：以这件事为例。

牺牲：祭祀品。

---

① 东冶：古代闽越国的都城，现今福建福州市屏山东南麓冶山一带。

② 都尉：中国古代官名。其主要职责是辅佐郡守并掌全郡军事，治盗贼甲卒兵马，维护地方治安。

③ 令长：泛指县令。

④ 巫祝：泛指掌管占卜祭祀之人。

将乐县[①]的李诞家里，一共有六个女儿，却是一个儿子也没有。他们的小女儿名字叫作寄应，生得很聪明，她听见了官厅里出钱买女孩儿的事，便向她的父母请求道："女儿听见官厅里正在出钱招买女孩子去祭大蛇，父亲和母亲何不就将我去卖给他们呢？"

语言描写

寄应主动请求以身祭蛇，表现得十分勇敢。

父亲和母亲道："使不得！我们怎肯为了几个钱，将你送到蛇嘴里去？"

寄应又说道："父母生了我们六个女儿，既不能和缇萦[②]一般地帮助父母，又没有能力供养父母，养着我们毫无益处，徒然费掉些衣食罢了，还不如早些死了的好！倘若允许了我的请求，把我去卖了，那倒还可以拿到点儿钱给父母使用，不是很好的吗？"

字词释义

徒然：白白地，不起作用；仅仅，只是。

一声不响：不发出一点声音。

倘若：表示假设。

但是，父亲和母亲当然不肯为了几个钱，将亲生的女儿去卖给蛇吃。他们终于不能听从寄应的请求。

寄应知道父母的意见已不能挽回，再请求也没有用了，便一声不响地独自逃了出去——逃到了都尉和令长那里，说明愿意应募的来意。这是当然的，她被留下了。

① 将乐县：县名。现隶属于福建省三明市，位于福建省西北部。

② 缇萦：西汉时期著名孝女。其父淳于意因得罪权贵，于汉文帝四年（公元前 176 年）被逮至京都长安问罪，他的小女缇萦随同前往，并上书皇帝，愿荐身为官婢，以赎父罪。文帝十三年，汉文帝赦免淳于意，同时宣布废除部分肉刑。

这时，还没有到八月祭蛇的时候。寄应便预备了几石米饼，放了些甜的麦屑，又预备了一把锋利的剑、一只咬蛇的狗。大家看了都很奇怪，不晓得她要这些东西来做什么用。

点评
设置悬念。

到了祭蛇的那一天，她便带了米饼，牵了狗，身上又藏着那把锋利的剑，跑到蛇的庙里，坐着等待祭蛇的时刻。不久，祭蛇的时候到了，都尉和令长便对她说道："你既愿意献身给蛇，此刻就应该到蛇窟口去等着了！"

语言描写
都尉和令长面对巨蛇表现得胆小如鼠，却对弱小的女子冷酷无情。

寄应很从容地答道："是的，我正要去了！"说着，便急急地跑了去，偷偷地把预备好的米饼向蛇窟口一放，她却躲在窟旁张望着。

都尉和令长看到这种情形，以为她害怕了，故意躲避起来，因此很愤怒地正要叫人去捉她，将她拖到蛇窟口去。

哪知那条大蛇却已爬了出来，两只眼睛仿佛是两面二尺大的圆镜，东照西耀，煞是吓人。它一看到了那些米饼，便狼吞虎咽地大嚼了，吃得非常香甜，非常专注。都尉和令长都看得呆了，终于没有将命令发下。

字词释义
狼吞虎咽：形容吃东西又猛又急。

寄应偷看到这里，知道机会到了，便把手里牵着的狗放了。那狗一离开寄应，疯了似的奔跑到蛇身

边，狠命地将蛇身咬着。于是，寄应便举起了利剑，跑到蛇的身后向着它乱斫起来。

大蛇正贪吃着米饼，一点儿也没防备，等到受了重伤，更加无力抵抗了，因此，它只是乱蹦乱跳了一会儿，便倒在地上死了。

寄应杀死了大蛇之后，又爬到蛇窟中去探视了一回。她找着了以前被献给蛇作祭品的九个女孩子的骷髅，便将它们都搬了出来，很愤怒地道："你们这种人，因为太怯弱了，所以会被蛇吃掉，都是可怜虫啊！"

都尉和令长看了寄应这种惊人的举动，听了激昂的言辞，又是惊奇，又是钦佩。大家张口结舌，半晌说不出话来。

寄应便在众人敬意的注视中，款款地走了回去。

从此之后，闽中便没有妖物作祟，人民才得安心无忧地住着。自然，大家都感念寄应斫妖蛇的功绩，而她的声名，也便有口皆碑了。

越王[①]听到了这件事，便将寄应聘了去做他的王后，又拜她的父亲为将乐的令长。母亲和姐姐们也因此得到了赏赐。

字词释义
怯懦：胆小怕事。

神态描写
写出了众人的震惊。

字词释义
款款：慢慢地。
有口皆碑：比喻人人称赞、颂扬。

---

① 越王：东越国的国君。

佳句欣赏

东越国的闽中有一座庸岭，有几十丈高，在岭的西北低下的地方，有一个大蛇窟。这个蛇窟里，有一条很大很大的蛇，它的身体有七八丈长，十多围粗。

我的收获

都尉和令长越是怕这巨蛇，越是能凸显寄应的胆识过人、不输男儿。

日积月累

托梦　下谕　惊恐　忧愁　违背　援以为例　牺牲

徒然　挽回　一声不响　麦屑　躲避　狼吞虎咽

怯弱　张口结舌　半晌　注视　功绩　有口皆碑

我的笔记

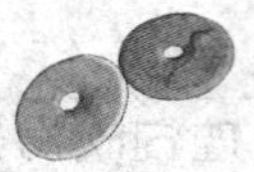

板上的遗嘱

?文前小问号

这篇故事中，我们会认识一个善于卜易的人，他叫隗炤。究竟擅长到什么程度？为什么连同样善于卜易的龚姓使者都对他赞不绝口？

从前，汝阴地方鸿寿亭附近，有一个姓隗（wěi）名炤（zhāo）的人，他是善于卜易[①]的。

> **点评** 故事开头交代了隗炤的特长。

他在临死的时候，拿了一块板写了字，交给他的妻子道："我自知这病是不会好了，撇下了你，我心里是多么难过啊！而且，我死之后，不久，便要逢着荒年了，生活一定是很艰难的。不过，虽然如此，你也要竭力忍耐着，千万不要将这间住屋卖去！再过五

> **点评** 与前面"善于卜易"相呼应。

① 卜易：即占卜。

年，在春天的时候，应当有一个天子的使者来住在这鸿寿亭里。这人姓龚，他曾经欠了我的钱，没有来归还，等他来时，你可以拿我交给你的那块板去给他看，向他去讨还欠我的钱，不要忘记啊！”说罢，他便断了气。

隗炤死了之后，果然接连过着荒年。他的妻子十分困苦，渐渐地有些忍耐不住了。她每回打算将住宅卖去，但是，想着丈夫临终的嘱咐，便又将这念头打消了，这样不知一共有多少次。

点评

可见隗炤死后，他的妻子生活的确艰难。

五年后的一个春天，真的有一个姓龚的使者到汝阴来，就住在鸿寿亭里。隗炤的妻子，得到了这个消息，记起了丈夫临死时的话，立刻拿了那块板，去向他讨钱了。

姓龚的使者看了这块板，不觉怔住了，细细地思索了好一会儿。半晌，才问隗炤的妻子道："你拿这个给我做什么呀？"

字词释义

怔住：发愣，发呆，惊呆了。

隗炤的妻子道："你曾经欠了我们的钱，没有归还，我来向你讨钱的呀！"

姓龚的使者听了她的话，吃惊道："我平生没有欠过别人的钱，这是怎么一回事呢？"

隗炤的妻子道："我丈夫隗炤临死的时候，写了这块板交给我，他说你借了他的钱没有归还，叫我等

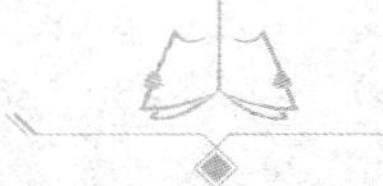

你来时，拿了板来向你讨的。”

姓龚的使者被她缠得莫名其妙，想了半天才恍然觉悟，便叫人拿了些蓍草[1]，占起卦来。占好了，拍着手叹道：“隗生有这样的先知之明，隐居在这乡村上，而没有人知道他，这种人可以算作明于穷富之道，洞察吉凶之遇了！”

于是，他便很和蔼地对隗炤的妻子道：“我没有欠你的钱。照这卦上说，是贤夫自己有金子藏着。因为，他知道自己死后，你必定要暂时贫穷几年的，所以将金子藏着，要你留着等太平的时候拿出来使用。至于没有预先告诉你的缘故，是怕你将这些金子在荒年时候用完了，以后便要一直贫困下去了。他晓得我是善于卜易的，所以托言向我讨钱，叫你拿这板来传达他的用意给我罢了。他藏着的金子，一共有五百斤，用一个青色的罂[2]盛着，上面有铜柈[3]盖着。这罂器埋在离开堂屋的东头约一丈远的地方，入土约九尺深。”

隗炤的妻子回到家里，照着卦上所指示的方向掘下去，果然得到了五百斤金子。从此，她的生活便富裕了。

字词释义

莫名其妙：表示发生的事情很奇怪，解释不出道理来。

对偶

揭示了隗炤占卜技艺之高超。

语言描写

隗炤替妻子做了长远的打算，并借龚姓使者之口告诉妻子。

---

① 蓍（shī）草：古代人们用作占卜的植物。

② 罂（yīng）：瓦制的盛酒贮藏器。

③ 柈（pán）：同盘。

我的笔记

佳句欣赏

明于穷富之道，洞察吉凶之遇。

延伸思考

隗炤临终之前为什么不直接把金子的事告诉自己的妻子？

日积月累

怔住　思索　莫名其妙　托言　用意　富裕

《中国古代神话故事》读后感

深圳市福田区东海实验小学 四(7)班 王鼎丞

最近，我读了《中国古代神话故事》，这本书带我走进了神话传奇的世界，领略了人类对世界的无穷想象，体验了神话故事独特的魅力。

走进神话的世界，我认识了许多值得敬佩的人物：用生命创造世界的盘古，创造人类的女娲；为民造福的伏羲氏、神农氏、大禹；为人类文明发展立下功劳的燧。每个精彩迷人的故事，都蕴含着深刻的道理。

其中，《高辛氏的狗女婿》这个故事让我感悟深刻。高辛氏（帝喾）在位期间，遭遇了犬戎国来犯的战争。犬戎族的酋长骁勇善战，帝喾多次派兵征讨都被击溃。于是，帝喾在国中宣告招募勇士，许诺谁能征服犬戎族就赐予公主结婚。过了几个月，帝喾的爱狗槃瓠衔着犬戎酋长的首级出现在帝喾面前。但因为槃瓠是条狗，帝喾感到为难，宣告中许下的诺言一直没能兑现。经过公主的一番劝说，帝喾被公主说服，同意把女儿嫁给了槃瓠。

这个故事让我明白了：做人要遵守诺言，许下的承诺就要执行，不管他人怎么样，都不能食言，这样才能得到他人的信任。同时，我还感受到了公主的善良和勇敢。

《中国古代神话故事》中还有许多受益匪浅的故事，让我对中华五千年的文明产生了浓厚的兴趣。我非常喜欢这本书。

指导老师：雷湘

《中国古代神话故事》读后感

深圳市福田区实验教育集团侨香学校 四(5)班 黄雨暄

假期里我阅读了《中国古代神话故事》，这是非常值得我们大家读的一本书。里面写了许许多多有趣的神话故事，那么现在我来分享一下我读完这本书的感想。

这本书讲述了很多中国古代的神话故事，作者希望通过一个个的故事来告诉我们为人处事的道理。例如盘古开天辟地，他用身体为人们创造了一个美丽的世界。他的头变成了四方的大山，左眼变成了太阳，右眼变成了月亮，血液变成了江河里的水，皮肤和汗毛变成了花草树木，身上出的汗变成了雨露和甘霖。盘古为了人们能够过上更好的生活，牺牲了自己，他这种无私奉献的精神很伟大，生活中也有很多这样的例子。比如环卫工人，他们为了给人们一个干净的城市，无论刮风还是下雨，严寒还是酷暑，白天还是黑夜，都会为我们清扫城市的每一个角落；无论是在学校内，马路边，公园里，都能够看到他们的身影，正是他们默默无私的付出，给我们一个美丽干净的世界。这样的例子还很多，比如警察、医生、老师等，正是有了他们，这个世界才变得更美好，我以后也要学习这样的精神。

中国还有许许多多像这样的神话故事，主人公为了人类、为了百姓，甘愿牺牲自己，换来别人的幸福。这本书让我明白了善与恶，好与坏；明白了好人有好报，恶人有恶报的道理。我决定多读这方面的书，了解更多的神话故事。

指导老师：李迎春

中华民族的盘古精神
——读《创造世界的经过》有感

深圳市福田区实验教育集团侨香学校 四(6)班 金玉珂

如果把中国比喻成一个历经沧桑的老爷爷，那么神话就是他小时候做过的梦。最近，我又重读了《创造世界的经过》这篇神话故事，它使我得到了全新的感悟。

《创造世界的经过》是中国的创世神话，它讲述了巨人盘古挥舞巨斧、开天辟地的故事。把天地分开后，盘古担心自己的努力会毁于一旦，便头顶天、脚踏地，站在天地之间，通过自己身体的生长来分开天地。最终，天地成形，盘古也累得倒下了。躺下的盘古奉献出自己的身躯化作宇宙万物，创造了这个美丽的世界。

合上书本，我不仅联想起了其他国家的创世神话：在希腊神话中，万物先有混沌，然后诞生了神明和泰坦，他们是世界的统治者；在印度神话里，世界完全是从梵天的冥想中诞生的。这些创世神话都有一个共同点：他们认为神是高高在上的，世界的诞生、人类的命运悲欢都掌握在神的手里。然而，中国的就大不相同了，巨人盘古是通过自己的双手和工具来开天辟地，又奉献了自己的身体去创造万物，形成了世界。

我想，也许创世神话就像是儿时的梦境，反映了一个民族的性格。自古以来，当中国人遇到灾难和困境时，人们都会奋起努力，依靠自己的力量来解决问题——中国人民脚踏实地、依靠自力更生来改天换地的优良传统，也许从盘古那个神话时代开始，就已经流淌在我们民族的血脉里了。

同时，我又想起了去年归来的神舟 13 号的宇航员们。他们在太空中待的时间比之前更久，探索的路程更远，在太空中开辟出一块新的天地，也让中国航天在世界顶级航天事业中不断开辟出属于自己的天地，这何尝又不是一种新时代的盘古精神呢？

看着盘古开天辟地的雄伟气魄，回忆起我们从鸦片战争到神舟上天的漫漫奋斗历程，我突然懂得了，为什么中华民族能一次又一次地从困境中崛起，屹立于世界民族之林。只要我们保有盘古开天辟地的精神，我们就能无惧任何困难，永远行走在开拓和前进的道路上。就像是《我的祖国》中，那句让我们反复唱响的歌词一样：“姑娘好像花儿一样，小伙儿心胸多么宽广。为了开辟新天地，唤醒了沉睡的高山，让那河流改变了模样。”

指导老师：李文莲